SERTİFİKA NO 15033

ISBN 975 - 22 - 0168 - 7

2012 . 06 . Y . 0105 . 4452

1. Basım 2006
2.-4. Basım 2007
5.-10. Basım 2008
11.-16. Basım 2009
17. Basım Ocak 2010
18. Basım Şubat 2010
19. Basım Mart 2010
20. Basım Nisan 2010
21. Basım Ağustos 2010
22. Basım Eylül 2010
23. Basım Ekim 2010
24.-25. Basım Kasım 2010

26. Basım Aralık 2010
27. Basım Ocak 2011
28.-29. Basım Şubat 2011
30.-31. Basım Mart 2011
32.-33. Basım Nisan 2011
34.-35. Basım Eylül 2011
36.-37. Basım Ekim 2011
38. Basım Kasım 2011
39. Basım Ocak 2012

40. Basım
Şubat 2012

BİLGİ YAYINEVİ
Merkez: Meşrutiyet Cd., No: 46/A, Yenişehir 06420 / ANKARA
Tlf.: (0-312) 434 49 98/ 434 49 99/ 431 81 22 • Faks: (0-312) 431 77 58
Temsilcilik: İstiklâl Cd., Beyoğlu İş Mrk., No: 187,
Kat: 1/133, Beyoğlu 34433 / İSTANBUL
Tlf.: (0-212) 244 16 51 - 244 16 53 • Faks: (0-212) 244 16 49

BİLGİ KİTABEVİ
Sakarya Cd., No: 8/A, Kızılay 06420 / ANKARA
Tlf.: (0-312) 434 41 06 • Faks: (0-312) 433 19 36

BİLGİ DAĞITIM
Merkez: Gülbahar Mh., Gülbağ Cd., No: 33, A-B Blok,
Mecidiyeköy 34387/ İSTANBUL
Tlf.: (0-212) 217 63 40 - 44 • Faks: (0-212) 217 63 45
Şube: Narlıbahçe Sk., No: 17/1, Cağaloğlu 34112 / İSTANBUL
Tlf.: (0-212) 522 52 01 - 512 50 59 • Faks: (0-212) 527 41 19

www.bilgiyayinevi.com.tr • info@bilgiyayinevi.com.tr

ERNEST HEMINGWAY

Bütün Eserleri/1
Yaşlı Adam ve Deniz
-İhtiyar Balıkçı-

Türkçesi: Orhan Azizoğlu

BİLGİ YAYINEVİ

Orijinal metne uygun tam çeviri
Orijinal adı: The Old Man and The Sea

baskı: cantekin matbaacılık
yayıncılık ticaret ltd. şti.
(0-312) 384 34 35 - 384 34 36
sertifika no: 15372

Gulf Stream'de[1] küçük teknesiyle yalnız başına avlanan yaşlı bir adamdı ve tam seksen dört gündür tek bir balık tutamadan dönüyordu. İlk kırk gün yanına bir de yardımcı çocuk almıştı. Fakat birbiri ardına kırk gün eli boş döndükten sonra çocuğun ailesi, yaşlı adamın artık talihsizlikten de beter bir *salao*'ya[2] uğradığına inanmış, çocuklarını ilk hafta içinde üç güzel balık yakalayan bir başka tekneye vermişlerdi. Yaşlı adamın her gün ufacık teknesiyle eli boş dönüşünü görmek çocuğa pek dokunuyordu. Sandalın gelişini görünce hemen aşağı sahile, olta yumaklarını, sereni, zıpkını, yelkeni taşımak için eski ustasının yardımına koşuyordu.

---

1) Gulf Stream akıntısı, Meksika Körfezi'nden Atlantik Okyanusu'nu geçerek İngiltere'ye doğru akan sıcak su akıntısıdır. (yayıncının notu)
2) salao: kör talih. (yayıncının notu)

Yer yer çuval parçalarıyla yamalı kıvrık yelken, sürüp giden yenilgilerin belirtisi gibiydi.

Yaşlı balıkçı zayıf, kavruk, yüzü kederli, ensesi kırış kırış bir adamdı. Yanakları, güneşin tropik denizlerde meydana getirdiği yansımaların esmer lekeleriyle kaplıydı. Bu lekeler yüzünde aşağı çenesine dek iniyordu. Elleri, oltasına takılan ağır balıkları çekerken açılan yarıklarla yol yoldu. Ne var ki bu yarıkların hiçbiri taze değildi. Bir çöl kuraklığını andıran balıksız günler kadar eskiydi bunlar.

Yenilmemişlerin neşesiyle ışıl ışıl yanan deniz rengi gözlerinden başka her şeyi kocamıştı ihtiyarın.

Tekneyi çektikleri sahilin hafif eğimini tırmanırken çocuk, "Santiago" dedi. "Yine seninle geleyim mi? Biraz para biriktirdim."

Çocuğun delicesine sevdiği balıkçılığı ona ihtiyar öğretmişti.

"Olmaz" dedi. "Talihli bir tekneye yanaştın, otur oturduğun yerde."

"İyi ama tam seksen yedi gün eli boş döndüğünü unuttun mu? Kısmetin yine açılır. Biz üç haftadır her gün kocaman kocaman balıklar tutuyoruz."

"Biliyorum" diye söylendi yaşlı adam. "Talihsizim diye yanımdan ayrılmadığını biliyorum."

"Hep babamın yüzünden. Ne yapayım, daha küçüğüm, onun sözünü dinlemem gerek."

"Elbette öyle yapacaksın."

"Onun pek ümidi yok."

"Ya" diye mırıldandı ihtiyar. "Ama bizim var, değil mi?"

"Elbette var" diye yanıtladı çocuk. "Teras'a uğrayıp da bir bardak bira ısmarlayayım mı sana? Bunları sonra taşıyıveririz."

"Kabul. İki balıkçı arasında böyle şeylerin lafı mı olur?"

Teras'ta bir masaya oturdular. Çevredeki balıkçılar ihtiyarla alay etmeye başlamışlardı ama o hiç kızmıyor, aldırış etmiyordu. Ötekiler, daha yaşlıca olanlar, onun bu haline bakıp üzülüyordu. Bu üzüntülerini belli etmeden, akıntıdan, oltaların, paraketelerin durumundan, iyi havaların sürekliliğinden ve görüp geçirdiklerinden söz ediyorlardı. O günün şanslı balıkçıları dönmeye başlamışlardı bile. Uzun kalaslar üzerine yatırdıkları büyük kılıçbalıklarını Havana pazarına sevk edilmek üzere buzhaneye götürü-

7

yorlardı. Köpekbalığı yakalayanlar kısmetlerini köyün öte başındaki fabrikaya götürmüşlerdi. Köpekbalıkları burada parçalanır, derileri yüzülür, etinin yenecek kısımları tuzlanıp ayrılırdı.

Rüzgâr gündoğusundan estiği zaman bu fabrikanın kokusu ta limana kadar gelirdi ama bugün, hafif bir poyrazla koku yok denecek kadar azalmış, akşam güneşi altında Teras'ın zevki artmıştı.

Çocuk "Santiago" diyordu.

"Ne var" diye mırıldandı yaşlı adam. Elindeki bardağa bakarak geçmiş yılları düşünüyordu.

"Yarın sabah senin için sardalye tutayım mı?"

"İstemez. Sen git topunu oyna. Daha kürek çekecek gücüm var. Rogelio da paraketeyi atar."

"Ama ben tutmak istiyorum. Mademki birlikte balığa çıkmıyoruz, hiç olmazsa başka bir yoldan yardım edeyim."

"Bana bira ısmarladın ya. Bak daha şimdiden koca adamlar gibi oldun."

"Beni kayığına aldığın zaman kaç yaşındaydım?"

"Beş. Bir gün bir balık tutmuştuk da sandala almıştık hani; debelenmesi yüzünden az kalsın sandal parçalanacak, sen de denizi boylayacaktın, hatırlıyor musun?"

"Hatırlıyorum ya, hani kuyruğunu nasıl güm güm vuruyordu, burnuyla borda tahtalarını nasıl kazıyordu! Sen beni ıslak ağların durduğu pruvaya itmiştin. Tekne oyuncak gibi sallanıyor; sen de küfrede ede, odun yarar gibi parçalıyordun hayvanı. Üstün başın taptaze kana bulanmıştı."

"Bunları sahiden hatırlıyor musun, yoksa benim anlattıklarıma göre mi söylüyorsun?"

"Senin yanına geldiğim günden beri olup biten hiçbir şeyi unutmadım. Her şeyi anımsıyorum."

Yaşlı adam güneş yanığı gözlerinden taşan sevgiyle çocuğa bakıyordu.

"Benim oğlum olsaydın her şeyi göze alır seni de götürürdüm" diye söylendi. "Ama senin anan baban var. Hem talihli bir tekneye yanaştın."

"Sardalyeleri ben tutacağım, değil mi? Hem senin dört oltan için en iyi yemlerin nerede olduğunu biliyorum."

9

"Bugün için hazırladıklarım duruyor daha. Onları tuza koy da bozulmasın."

"Ben yerine yenilerini tutarım."

"İstemez ama haydi bir tane tut" dedi yaşlı adam. Ümidi, cesareti kırılmamıştı daha. Esen hafif meltemle bu umutlar şimdi biraz daha tazelenmişti.

Çocuk, "İki olsun" diye diretti.

"Pekâlâ iki olsun. Ama başkasından çalma yok."

"Gerekirse çalarım bile ama bunları satın alacağım."

"Teşekkür ederim."

Bu alçakgönüllülüğünün sebebini düşünemeyecek kadar saf yaradılıştaydı. Fakat içindeki bu yeni duygunun farkındaydı ve bu durumundan da utanç duymuyordu.

"Akıntı böyle giderse yarın çok iyi bir gün olacak" diye mırıldandı.

"Ne yana gideceksin?"

"Rüzgâr döndükten sonra bile kolay kolay geri gelemeyeceğim kadar uzağa. Gün ışımadan yola çıkmak istiyorum."

"Bizimkini de uzaklara açılmaya zorlarım. Büyük bir balık takılırsa oltana, yardımına geliriz."

"Senin patron açıklarda avlanmayı sevmez."

"Ya öyle" diye cevap verdi çocuk. "Yine de bir şeyler yapmaya çalışırım. Belki onun göremediği bir şeyi gördüğümü söyler, ya da yunusların peşine takılmaya razı ederim."

"Gözleri o kadar mı zayıfladı?"

"Kör denecek kadar."

"Tuhaf. Kaplumbağa avlamaya da gitmezdi ya, ne olduysa... Bu kaplumbağacılık mahveder insanın gözünü."

"Sen de Mosquito kıyılarında yıllarca kaplumbağa tutmuşsun ya, seninkiler sapasağlam."

"Sen bana bakma, ben bir garip ihtiyarım."

"Yine de en büyük balığı tutacak kadar kuvvetin var."

"Evelallah işimin ehliyimdir de."

"Hadi şunları eve atıverelim. Ben de sonra çıkar bir iki sardalye tutarım."

Eşyaları sandaldan aldılar. Yaşlı adam serenle yelken direğini omuzlamış; çocuk, olta yumakları, kahverengi iplikli ağlar, zıpkınla dolu tahta sandığı yüklenmişti. Yemlerin bulunduğu kutuyu, büyük balık yakalandığı zaman içeri alınmasında kullanılan sopa ile birlikte başal-

11

tına sokmuşlardı. Kimse yaşlı adamın mallarını çalmaya kalkmazdı ama yelken, ağ, olta gibi şeyler çiğden zarar gördüğü için bir çatı altına almak daha iyi olurdu. Yerlilerden bir kimsenin kendi mallarına el sürmeyeceğinden emin olduğu halde zıpkın, kanca cinsinden eşyaları ortalıkta bırakarak onu bunu kışkırtmak istemezdi ihtiyar.

Hafif bir yokuşu tırmanarak kulübeye varıp, açık kapıdan girdiler. İhtiyar, omzundaki yelkeni indirerek direğiyle birlikte duvara dayadı; çocuk da sandığı onun yanına koydu. Yelken direği hemen hemen odanın uzunluğu kadar vardı. Kulübe, *guano* denilen bir çeşit palmiyenin pek sağlam tomruklarından yapılmıştı ve içeride, bir yatak, bir masa, sandalye ve tozlu yerde kömür yığılı bir ocak vardı. Tomruğun kahverengi püskülleri yolunarak olabildiğince düzeltilmeye çalışılmış; duvara da bir-iki İsa ve Aziz suretleri asılmıştı. Bunlar karısından yadigârdı ona. Bir zamanlar karısının da soluk renkli bir fotoğrafı asılıydı ya, onu orada seyretmek, içindeki yalnızlığı artırdığından yerinden çıkarıp köşedeki rafta, temiz çamaşırların altına koymuştu.

Çocuk, "Ne yiyeceksin?" diye sordu.

"Balıklı pilavım var. Sen de benimle yer misin?"

"Hayır, beni evde beklerler. Ateşi yakayım mı?"

"İstemez, ben sonra yakarım. Acaba pilavı soğuk mu yesem dersin?"

"Kepçeyi alabilir miyim?"

"Tabii."

İhtiyarın kepçesi olmadığını, onu daha önce sattıklarını çocuk biliyordu. Yine de her zaman bu iş olmamış gibi konuşurlardı. Balıklı pilavı da yoktu. Çocuk bunu da biliyordu.

Yaşlı adam, "Seksen beş uğurlu bir rakamdır" diyordu. "İster misin yarın kırk elli kiloluk bir tane getireyim, ha?"

"Ben kepçeyi alıp sardalyeler için gidiyorum. Ben gelene kadar kapının önünde güneşlensene."

"Fena olmaz. Dünkü gazete de var, maçları okurum."

Çocuk dünkü gazetelerin de gerçek olup olmadığını bilmiyordu. O sırada ihtiyar şiltenin altından gazeteyi çıkardı.

"Bodega'da dün Percio verdiydi bunu" diye açıkladı.

13

"Balıkları tutar tutmaz dönerim" diyordu çocuk. "İkimizin payını da buza koydururum. Yarın sabah paylaşırız. Ben dönene kadar maçları oku da bana anlatırsın."

"Bizim Yankee'ler nasıl olsa kazanmıştır."

"Cleveland'lı İndian'lar beni korkutuyor doğrusunu istersen."

"Sen niyetini bozma evlat. Bizim Yankee'ler iyidir. DiMaggio'yu düşünsene, aslan gibi oyuncu."

"Detroit'li Tiger'lar da belalı."

"Ha gayret, nerdeyse Cincinatti'lilerden, Chicago'lulardan da korkacaksın. Bu ne be!"

"Neyse, sen oku da gelince anlatırsın."

"Ne dersin, seksen beşli bir piyango bileti alsak mı? Yarın seksen beşinci gün oluyor."

"Onu da yaparız. Ama senin seksen yedilik rekorundan ne haber?"

"O bir kez olur. Bir tane seksen beşli bulabilir misin, ha?"

"Ismarlarız be..."

"Olur. Ama iki buçuk dolar lazım. Parayı kimden bulmalı ki?"

"Kolay o iş. İki buçuk doları kimden istesem verir."

"Bana da verirler. Ama borç almaktan hoşlanmam. Bir defa borca alıştın mı sonra dilenirsin."

"Üzülme babalık. Kendini sıcak tut. Unutma eylüle girdik."

"Tam büyük balıkların gelme mevsimi" diye söylendi ihtiyar. "Baharda çocuklar bile balık tutabilir."

"Neyse ben sardalyeler için gidiyorum."

Çocuk döndüğü zaman güneş batmış, ihtiyar oturduğu yerde uyuyakalmıştı. Yatağının üstündeki eski asker battaniyesini getirerek ihtiyarın omuzlarına sardı. Çok yaşlı olmasına karşın hâlâ kuvveti yerinde olan bir garip omuzdu bunlar. Ya güçlü ensesi?.. Böyle öne eğikken o derin kırışıklıkları hiç belli olmuyordu. Sırtındaki ceket güneş altında rengini yitirmiş, üst üste yamalarıyla kayığının yelkenini andırıyordu. Hele gözleri kapalıyken her türlü hayat izinden yoksun görünüyordu. Gazete dizlerine düşmüş, akşam rüzgârına karşı kolunun ağırlığı altında duruyordu. Ayakları çıplaktı.

Çocuk onu bu durumda bırakarak uzaklaştı. Geri döndüğünde ihtiyar hâlâ uyuyordu.

"Uyan artık babalık" diye dizini tutup dürttü.

İhtiyar gözlerini açtı; bir süre çok uzak bir yoldan geliyormuş gibi durdu. Sonra gülümsedi.

"Ne yaptın?" diye sordu.

"Yemek hazırladım. Yemek yiyeceğiz."

"Ben acıkmadım."

"Hadi canım, öyle şey olur mu? Yemek yemezsen oltayı nasıl çekersin?"

"Şimdiye dek nasıl çekiyordum?" İhtiyar ayağa kalkmış elindeki gazeteyi katlıyordu. Sonra battaniyeyi toplamaya başladı.

Çocuk, "Battaniye sırtında kalsın" diye uyardı. "Ben sağ oldukça seni aç karnına balığa yollamam."

"Öyleyse Allah ömrünü uzun etsin, kısmetin bol olsun... Eee, ne yiyoruz bakalım?"

"Fasulye pilav, biraz yahni, üstüne de muz ezmesi."

Çocuk bunları Teras'tan iki metal kap içerisinde getirmişti. Çatal ve kaşıkları da bir kâğıda sararak peçeteyle birlikte cebine sokmuştu.

"Bunları kim verdi sana?"

"Martin, patron verdi."

"Teşekkür etmeli adama."

"Ben ettim bile. Ayrıca senin etmene ne gerek var?"

Yaşlı adam, "Büyük balığı yakaladığım zaman karın etlerini ona vereceğim" diye mırıldandı. "Bize kaç defa yemek verdi adamcağız."

"İyi olur."

"Karın etlerinden daha iyi bir şey vermeli, bize çok iyilik etti."

"İki de bira yolladı."

"Konserve biraya da bayılırım hani."

"Bilirim. Ama bunlar konserve değil. Şişeli, Hatuey marka. Şişelerini de geri götüreceğim."

"Eksik olma... Hadi başlayalım mı?"

"Deminden beri onu söylüyorum ya" diye güldü çocuk. "Sen sofraya oturana dek şişeleri açmak istemedim."

"Oturdum gitti öyleyse. Yalnız şu ellerimi yıkamak için biraz oyalandım o kadar."

"Nerede yıkadı?" diye düşündü çocuk. Köyün su kanalı iki sokak aşağıda kalıyordu. "Keşke sabun, havlu, bir kova da su getirseydim" diye aklından geçirdi. "Niye bu kadar düşüncesizim ben? Ona yeni bir gömlek, kış için kalınca bir ceket, ayağına giyecek bir şey, bir yorgan bulmalıyım."

İhtiyar, "Yahni de pek güzelmiş" diyordu.

"Maçları anlatsana."

"Dediğim gibi birinci kümede Yankee'ler başta gidiyor." İhtiyar hoşnuttu.

"Bugün kaybettiler ama."

"Ne çıkar. Meşhur DiMaggio yeniden formunu buldu."

"Başka oyuncular da var."

"Var elbette ama o başka. Mesela öteki beyzbol kümesinde Brooklyn'i tutarım. Onlardaki Dick Sisler de zehir gibi bir oyuncu. Sopa tutuşu bile başka."

"Vuruşlarına ben de bayılırım onun. Topu onun kadar uzağa vuranı görmedim daha. Gerçekten sopa tutuşu bile başka."

"Hatırlıyor musun, bir gün Teras'a gelmişti. Birlikte balığa çıkmayı önerecektim ama utandım. Sana sor dedim, sen benden beter utangaç çıktın."

"Hatırlamaz olur muyum! O gün çok acemilik ettik. Davet etsek gelirdi. Ondan sonra bütün ömrünce zevkini çıkar."

"Ben DiMaggio'yu balığa davet etmeyi çok isterdim" diye mırıldandı ihtiyar. "Onun babası da balıkçıymış derler. Kimbilir o da belki bizim gibi fakirdi, halimizi daha iyi anlar."

"Sisler'in babası hiç de yoksul değildi, o da oğlu gibi birinci küme oyuncularındanmış. Daha benim yaşımdayken ünlüymüş diyorlar."

"Ben senin yaşındayken bir gemide miçoluk ederdim. Dokunsan dökülecek bir tekneyle Afrika' ya gitmiştik. Her akşam sahile inen aslanları seyrederdik."

"Biliyorum, bir defa daha anlatmıştın."

"Afrika'yı mı, beyzbolu mu anlatayım?"

"Beyzbol daha iyi" dedi çocuk. "Biraz da John McGraw'ı anlatsana."

"Eskiden bizim Teras'a sık sık gelirdi. Fakat aksi, kaba, hele içince yanına yanaşılmaz bir adamdı. Aklı fikri beyzbolda, at yarışlarındaydı. Cebinden yarış dergileri eksik olmaz, telefonda bile at lafı ederdi."

"Dehşet bir yönetici derler onun için. Babama kalırsa onun üstüne yoktur."

"Çoğunlukla buraya gelirdi de ondan" diye cevap verdi yaşlı adam. "Eğer Durocher her yıl buraya gelseydi baban en dehşet idareci olarak onu bilecekti."

"Sence en iyisi hangisi, Luque mi, Mike Gonzalez mi?"

"İkisi de bir."

"Sen de balıkçıların birincisi."

"Yo, benden iyilerini tanırım."

"*Qué va*,[3] bir alay büyük balıkçı vardır ama sen bir tanesin."

"Eksik olma. Beni sevindiriyorsun. İnşallah bunun aksini ispat edecek bir büyük balığa rastlamayız."

"Hâlâ söylediğin kadar güçlüysen, sana karşı koyacak balık göremiyorum ben."

"Belki sandığım kadar kuvvetim kalmamıştır" diye söylendi yaşlı adam. "Ama mesleğin püf noktalarını bilirim, hem imanım da ölmedi daha."

"Yarın dinç kalkabilmek için şimdiden erken yatsan fena olmaz. Boş kapları ben geri götürürüm."

"Öyleyse iyi geceler. Sabah seni uyandırırım."

"Tıpkı çalar saat gibi. Sen benim çalar saatimsin."

"İnsan kocayınca çalar saat gibi oluyor" diye güldü adam. "İhtiyarlar niye öyle şafakla uyanırlar bilmem. Günü azıcık daha uzun yaşayabilmek için mi acep?"

---

3) qué va: "ne gezer" anlamında (y.n.)

"Ne bileyim. Bence yalnızca çocuklar çok uyumak ister."

"Neyse ben seni zamanı gelince uyandırırım."

"Beni bizimkinin uyandırmasını hiç istemiyorum. Kötü davranıyor bana."

"Farkındayım."

"Hadi iyi geceler."

Çocuk dışarı çıktı. Yemeği karanlıkta yemişlerdi zaten; yaşlı adam pantolonunu çıkararak yatağa girdi. Pantolonu yastık gibi başının altına kıvırdı. Gazeteyi de pantolonla birlikte sarmıştı. Sonra sıkıca yorgana sarındı.

Çok geçmeden derin bir uykuya dalmış, düş görmeye başlamıştı. Çocukken gittiği Afrika'yı, onun, gözleri acıtacak kadar beyaz ve parlak kumlu kıyılarını, esmer renkli kayaların meydana getirdiği burunları görüyordu. Artık her gece yeniden bu kıyılarda yaşıyor, aslanların kükreyişini dinleyerek, oralarda dolaşan yerli kayıklarını seyrediyordu. Uykusu arasında zift, üstüpü kokusu duyuyor ve sabah rüzgârlarında Afrika'nın havasını teneffüs ediyordu.

Genellikle rüzgâr dönüp de karadan denize doğru esmeye başlayınca uyanır; pantolonunu giydikten sonra çocuğu kaldırmaya giderdi. Oysa bu sabah rüzgâr çok erken döndü, düşünde bile vaktin bir hayli erken olduğunu seziyordu. Denizden sivrilen adaların, beyaz kumlu koylarının ve sonra Kanarya Adalarının değişik limanlarını görmeye devam etti.

Artık düşlerinden fırtınalar, kadınlar, olmayacak rastlantılar, büyük balıklar, kavgalar, kuvvet gösterileri, hatta karısı bile silinmişti. Şimdi sadece başka ülkeleri, aslanları, beyaz kumlu kıyıları görüyordu. Bütün bunlar şafak vakti oynaşan kediler gibi birbirine dolanıyor ve çocuğu sevdiği kadar bunları da seviyor, arıyordu. Çocuğu düşünde hiç görmemişti. Birden uyandı, açık duran kapıdan görünen aya baktı ve kıvırıp başının altına aldığı pantolonunu açarak ayağına geçirdi. Kulübeden dışarı çıkıp bir köşede işedikten sonra çocuğu uyandırmak için yola koyuldu. Sabahın serinliği içini titretiyordu. Fakat titreye titreye biraz sonra ısınacağını, küreklere oturunca her şeyin düzeleceğini biliyordu.

Çocuğun oturduğu evin kapısı kilitli değildi. Hafifçe itip açarak çıplak ayaklarıyla gürültü yapmadan içeri girdi. Oğlan birinci odada bir yer yatağında uyuyordu. Yaşlı adam batmak üzere olan ayın ışığı altında onu iyice görebiliyordu. Ayaklarından birine uzandı, çocuk uyanıp kendisine bakana dek okşarcasına öyle tuttu elinde. Göz göze gelince ihtiyar başıyla işaret etti. Çocuk yatağının yanında duran sandalyenin üstündeki pantolonuna uzandı, yarı yatar durumda giyindi.

Yaşlı adam kapıdan dışarı çıktı, çocuk da peşinden geliyordu. Adam kolunu hâlâ uyku sersemi oğlanın omzuna attı. "Kusura bakma" diye söylendi.

"*Qué va*. Niye erkek yaratıldık, işimiz bu."

Birlikte yürüyerek yaşlı adamın kulübesine geldiler. Yol boyu, karanlıkta yelken direkleri taşıyan çıplak ayaklı insanlarla doluydu.

Kulübeye varınca çocuk olta takımlarını, zıpkını bir sepete doldurdu; ihtiyar da çevresine yelkeni sardığı direği yüklenmişti.

Çocuk, "Kahve içer misin?" diye sordu.

"Hele şunları bir atalım da kayığa, bir şey içeriz."

En erken açılan balıkçı kahvesinde teneke maşrapalarla birer sıcak kahve içtiler.

"İyi uyudun mu babalık?" diye sordu oğlan. Erken kaldırılmak hoşuna gitmediği için yavaş yavaş kendine gelmeye başlamıştı.

"Çok iyi uyudum Manolin" diye cevap verdi ihtiyar. "Bugün kendime daha çok güveniyorum."

"Ben de öyle... Buzhanedeki sardalyeleri getireyim de paylaşalım. Bizim takımları patron kendi getirir. Kimseye emanet edemez."

"Biz başkayız. Beş yaşındayken bile sana yük taşıtırdım ben."

"Evet. Şimdi geliyorum ben. Sen bir kahve daha iç, burada itibarımız iyidir."

Mercan taşlarının üzerinde çıplak ayaklarıyla buzhaneye doğru uzaklaştı.

Yaşlı adam yavaş yavaş kahvesini içiyordu. Bütün gün ağzına başka şey koymayacağını bildiği için iyice içine sindiriyordu. Balıktayken yemek yemek canını sıktığından epeyden beri yanına yiyecek almaktan vazgeçmişti. Yalnız başaltında su dolu bir testi bulunurdu.

Çocuk biraz sonra sardalyeler ve gazete kâğıdına sarılı iki olta yemiyle dönmüştü; dar yamaçtan aşağı kumsala indiler. Ufacık çakıl taşlarının üstünde ilerleyerek tekneyi itip suya sürdüler.

"Kısmetin bol olsun babalık."

"Eyvallah yavrum" diye karşılık verdi balıkçı. Kürekleri ıskarmozlara[4] geçirdikten sonra ileri doğru abandı, keskin yanlarını suya daldırdı. Karanlıkta yavaş yavaş limandan uzaklaşmaya başlamıştı. Bütün kıyı boyunca açık denize doğru yol alan başka kayıklar da vardı. Ay tepenin arkasında kaybolduğundan, yaşlı adam karanlıkta küreklerinin suya girip çıkarken çıkardığı tok sesleri duyuyordu.

Arada bir öteki kayıklardan belli belirsiz konuşmalar geliyordu. Koyun ağzından çıktıktan sonra dağılmaya başladılar, herkes okyanusun bereketli olduğunu umduğu bir köşesinin yolunu tuttu. Yaşlı adam çok uzaklara gitmeye karar vermişti. Toprağın kokusunu arkada bırakarak sabahın erken temizliğinde okyanusun kokusuna doğru daldı. Birdenbire yedi yüz kulaç derinliğe iniverdiği için balıkçılar arasında kuyu diye anılan yerden geçerken, küreklerin dalış çıkışında, Gulf'un parlak renkli yakamozları beliriyordu. Akıntının getirdiği balıklar, çukurluğun etkisiyle denizin altındaki sete çarptığından, epey bereketliydi burası. Karidesler, küçük

---

4) ıskarmoz: sandalın iki yanına kürekler için konmuş ağaç çubuk. (y.n.)

25

yemlik balıklar, kayaların arasındaki daha derin çukurlarda mürekkep balıkları kaynaşırdı. Bunlar geceleri suyun üstüne çıkar ve daha büyük balıklar tarafından kapışılarak yutulurdu.

Yaşlı adam karanlıkta şafağın sökmek üzere olduğunu sezinliyordu. Uçanbalıkların suyu yararak havaya fırlayışının çıkardığı ıslığı andırır tiz bir ses duyuldu. Okyanuslarda balıkçıların biricik arkadaşı olan bu hayvanları pek severdi. Kuşlara, hele durmadan arayan ve bir türlü aradığını bulamayan ufacık, narin deniz kırlangıçlarına da acırdı da, "Büyüklerinden ve arsızlarından başka bütün kuşlar bizden çilekeş" diye düşünürdü. "Okyanus böylesine vahşi ve acımasız olurken zavallı kuşlar niye böyle narin ve güzel yaratılmış acaba? Deniz çok güzel, çok merhametlidir. Fakat birden öyle değişiverir, öyle zalimleşir ki; başımızın üstünde fırıl fırıl dönen bu ufacık ve ötüşleri hüzünlü kuşlar için dayanılmaz olur."

Denizi her zaman İspanyolların, sevgiyle adlandırdıkları *la mar*[5] olarak düşünürdü. Onu sevenler, kimi vakit kötü şeyler de söylerler ama yine de bir kadın olarak düşünürler. Ağlarının başına şamandıra koyan, köpekbalığı ciğeri faz-

---

5) la mar: dişilik sıfatıyla "deniz." (y.n.)

la para ettiği zaman motorlu kayık alan genç balıkçılardan bazıları ondan, erkek olarak *el mar* diye söz eder. Onu bir rakip, bir yer, bir düşman olarak görürler. Yaşlı adam onu her zaman bir kadın, her zaman veren bir şey, ya da büyük yararlar sağlayan bir kaynak olarak düşünür ve eğer azıp etrafına kötülük saçacak olursa, bunu da iradesi dışında, doğası gereği olarak kabul ederdi. Mehtap bir kadını etkilediği denli onu da değiştirir, bambaşka yapardı.

Sürekli kürek çekiyor; akıntının meydana getirdiği hafif çırpıntılar dışında denizin çok sakin oluşu ve hareketlerindeki uyum nedeniyle hiç yorgunluk duymuyordu. Zaten işin yarısından çoğunu akıntı görüyordu; ortalık ağarırken o saatte ulaşmayı umduğu yerden çok daha açılmış olduğunu anladı.

"Koyun çevresinde haftalarca uğraştım, yine bir şey tutamadım" diye düşündü. "Bugün iri toriklerin, kılıçların bulunduğu açıklarda avlanacağım, belki aradığımı orada bulabilirim."

Ortalık iyice ağarmadan uçları yemli oltalarını suya atmış, akıntıya doğru sıyırtma yapıyordu. Bir tanesi kırk kulaç kadar derine inmişti. İkincisi yetmiş beş kulaçta; üçüncü ve dördüncüsü

27

mavi derinliklerde yüz kulaç derine gömülmüştü. Yemler zokanın ucunda başları aşağı, çengel gövdesinin içinde kalacak şekilde yerleştirilmiş; en uca da sardalyeler takılmıştı. Sardalyeler, iğne iki gözünden geçirilmiş olarak en uçta sallanırken, iğnenin içine saklandığı yemle birlikte üzeri iyice süslü ay şeklinde bir çelenkçik, büyük balıkların çok leziz bulacakları, her yanı taptaze balık kokan garip bir biçim oluşturuyordu.

Çocuğun getirdiği iki küçük taze turna mı, palamut mu neyse, en derindeki iki oltanın ucunda oynaşıyordu; ötekilere bir gün evvel kullandığı fakat hâlâ taze ve diri olan yemleri takmıştı. Her biri bir kurşunkalem kalınlığında olan olta iplerinin altına bir ucu küpeşteye dayalı, yeşil renkli birer tahta çubuk yerleştirmişti. Eğer oltalardan birine bir balık çarpacak olursa, sarsıntıdan bu çubuklar düşecek ve makaradaki geri kalan kırk kulaçlık kısmı kolayca açılıverecekti. Bu makaraları öteki yedek makaralarla bağlamak da mümkündü; böylece gerektiğinde uzunluğu üç yüz kulacı bulan bir oltaya dönüştürmek mümkün olabilirdi.

Yaşlı adam, gözleri küpeşteye dayalı küçük çubuklarda, oltaların karışmaması için dümdüz gitmeye çalışarak, yavaş yavaş kürek çekmeye devam ediyordu. Ortalık hemen hemen ışımıştı, neredeyse güneş doğacaktı.

Çok geçmeden güneş, sudan çıkıverircesine boy gösterdi. Sahille bulunduğu yer arasında akıntı boyunca serpilmiş öteki kayıklar seçilmeye başlamıştı. Sonra biraz daha büyüyen güneşin suyun üstünde gittikçe artan parıltıları, mavilikten gözlerine yansıdı; acımaya benzer bir kamaşmanın etkisiyle bu parıltılardan korunmaya çalışarak kürek çekmeye devam ediyordu. Bütün dikkati kara sularda kaybolan oltalardaydı. İplerini kimsenin kolay kolay beceremeyeceği kadar gergin ve muntazam tutmuş, akıntının karanlığında her seviyede dolaşacak büyük balıkların önüne iştah açıcı yemler salmıştı. Başkaları her şeyi akıntıya bırakır, yüz kulaca attıklarını sandıkları olta altmıştan aşağı inmezdi de farkına bile varmazlardı.

"Fakat" diye düşündü, "ben her işimi hesapla yaparım. Ne var ki kısmetim yok. Ama kimbilir, belki bugün. Günün her doğuşu yepyeni ayrı bir gün getirir. Talihim bugün yaver gidiverir bakarsın. Ben işimi eksiksiz yapayım da kısmet geldiğinde beni aradığı yerde bulsun."

Güneş yükseleli iki saati geçtiğinden doğuya bakmak gözlerini eskisi kadar yakmıyordu. Artık görünürlerde üç kayık, çok gerilerde üç kayık kalmıştı.

"Oldum olası yeni doğan günün ışığı gözlerimi yakar" diye düşündü. "Ama ikisi de demir gibidir maşallah. Akşama doğru, gurup vakti gözlerimi kırpmadan saatlerce baksam bile bana mısın demez, zerre kadar kararmaz. Hem akşamları güneş daha da kuvvetlidir. Ne var ki sabahları gözü çok yakıyor."

Tam bu sırada biraz ilerisinde siyah kanatlarını açmış bir kuşun süzülmekte olduğunu gördü. Bir ara kuş kuyruğunun üstünde arkaya yatar, sendeler gibi bir hareket yapmıştı.

İhtiyar, "Bir şey buldu" diye mırıldandı yüksek sesle. "Bir şey buldu muhakkak."

Yavaş yavaş kuşun havada düzenli daireler çizdiği yere doğru kürek çekmeye başladı. Acele etmiyor, oltaların aynı gergin durumunu korumaya gayret ederek, kuşu görmeden evvelki hızından biraz daha çabuk gidiyordu.

Kuş, olduğu yerde biraz daha yükselmiş, süzüle süzüle bir-iki daire daha çizmişti. Sonra birdenbire daldı; yaşlı adam bir uçanbalığın sudan fırlayarak havada ümitsiz bir hamle yaptığını gördü.

Yüksek sesle, "Yunuslar" diye söylendi. "Hem de kocamanlarından."

Kürekleri bırakarak başaltından daha ince bir olta çıkardı. Tel bir kılavuzun ucundaki orta boy zokayı, sardalyelerden biriyle yemledikten sonra denize fırlatıp bodoslamadaki[6] halkalardan birine sıkıca bağladı. Sonra bir başka olta daha hazırlayıp, pruvanın[7] gölgesine bıraktı. Havada suyun üstünde uğraşıp duran uzun kanatlı siyah kuşun hareketlerini izleyerek yeniden küreklere geçmişti.

Kuş bir dalıp bir çıkarak uçanbalığı kovalıyor, boşuna çabalayıp duruyordu. Yaşlı adam kaçan balığın peşinden seğirten iri yunusların, suyun üstünde meydana getirdiği kamburları görebiliyordu artık. Yunus, balığın sıçrayışının çok altında kalıyor ve uçanbalık yeniden suya düştüğü zaman o da hız almak için derine dalmış bulunuyordu. "Oldukça büyük bir sürü" diye düşündü. Bir hayli yaygın oldukları için zavallı uçanbalığın pek az kurtuluş çaresi vardı. Kuşun

---

6) bodoslama: gemi omurgasının iki ucundan yukarıya doğru uzanan iki ağacın her biri. (y.n.)

7) pruva: geminin (sandalın) ön tarafı. (y.n.)

31

ise hiç yoktu ya. Uçanbalıkların peşine düşmek de senin nene a kuşcağız.

Uçanbalığın birbiri ardından ümitsiz sıçrayışlarıyla, kuşun boş çırpınışını seyrediyordu. "Sürü uzaklaştı" diye düşündü. "Amma da hızlı gidiyor mübarekler. Kimbilir belli olmaz, geride kalanlardan biri takılıverir bakarsın. Benim büyük balık buralarda bir yerde olmalı."

Karadaki bulutlar dağ yamaçları gibi üst üste birikmiş ve sahil, mavimsi boz tepeleriyle arkada ince yeşil bir çizgiye dönüşmüştü. Suyun maviliği iyiden iyiye koyulaşıp bazı yerlerde mor bir renk almıştı. Okyanusu seyrederken gözleri karanlık suların derinliğinde ışık saçan planktonların[8] parıltısına takıldı. Görebildiği kadar derinliklere inen bu parıltılar ihtiyarı sevindirmişti. Planktonun arkası balık demekti. Güneş suda garip ışıklar oynatıyordu; şu anda iyice yükselmiş, karanın üstündeki bulutlarla birlikte iyi havaların müjdesini veriyordu. Kuş artık iyice gözden kaybolmuş; suyun üstünde yer yer sararmış, güneşin altında sık sık değişen renkleriyle deniz yosunlarından ve sandalın

---

8) plankton: deniz suyunda ya da tatlı sularda rastlanan mikroskobik ya da küçük boyda canlılar topluluğu. (y.n.)

hemen yanında beliren bu denizlere has, mor, pembe, mavi gökkuşağı renkleriyle ışıl ışıl bir balıktan başka bir şey görülmüyordu. Balık bir ara yan yatıp yönünü değiştirdi, sonra yeniden düzeldi. Yarım metre kadar geride neşeli köpükler halinde öldürücü bir iz bırakıyordu. İhtiyar *"Agua mala"*[9] diye söylendi. "Kahpe!" Düzenli hareketlerle ileri geri oynattığı küreğine abanırken gözlerini sudan ayırmıyordu. *Agua mala*'nın arkada bıraktığı boncuk boncuk köpüklerin arası küçük balıklarla dopdoluydu. Bunlar *agua mala*'nın zehirinden etkilenmezler, sanki şerbetlidirler. Fakat insanı öyle çarpar ki; bazen ağa takılıp, iplerin üstüne bulaşan köpükler eline değecek olsa parmakların, bıçakla kesiliyormuş gibi keskin bir acıyla yanardı. *Agua mala*'nın zehiri bir kırbaç darbesi gibi yakıp geçerdi adamın değdiği yerini.

Her şeye karşın bu gökkuşağına benzeyen köpükler ne kadar güzel, ne kadar canlıydı. Sonra denizin en kancık, en aldatıcı hilelerinden biri olan bu ışıltıları, büyük deniz kaplumbağalarının kapışa kapışa yiyişlerini seyretmeye de

---

9) agua mala: "kötü deniz" anlamında yaşlı adamın umutsuzluğunu vurguluyor. (y.n.)

33

bayılırdı. Kaplumbağalar da köpükleri görmüş, sağdan soldan bu rengârenk boncuk yığınlarına doğru koşuşmaya başlamıştı. Gözlerini kapatmışlar, köpükleri, köpükler arasında oynaşan balıkları büyük bir zevkle yiyorlardı. Yaşlı adam kaplumbağaların bu köpükleri yiyişini seyre bayılırdı. Ayrıca, fırtınalar onları sahile attığı zaman çıplak ayaklarıyla üzerlerine basarak dolaşmak da pek hoşuna giderdi.

Kaplumbağaları, güzel görünüşleri, çeviklikleri ve iyi para getirdikleri için severdi; o iri olduğu kadar sersem, sarı kabuklu, birbirleriyle bir tuhaf sevişen *agua mala*'ların köpüklerini zevkten, gözlerini kapayarak kapışan okyanus kaplumbağalarına da dostça acırdı.

Uzun yıllar kaplumbağa avcılığında çalıştığı halde bu hayvanlar hakkında öyle batıl inançları yoktu. Onların hepsine, hatta bir ton çeken kamyon gibi olanlarına bile acırdı. Kaplumbağaların kalbi, kesilip parçalandıktan bir saat sonra bile atmaya devam ettiğinden bazıları, hatta çokları ona acımaz. Fakat yaşlı adam, "benim kalbim de öyle, ellerim ayaklarım da onlarınkine benzer" diye düşündü. Güç toplamak için beyaz yumurtalar yerdi. Eylül ve ekimde çıkacak büyük balıklara hazırlık olmak üzere bütün mayıs yumurta içerdi.

Ayrıca her gün balıkçıların çoğunun takımlarını sakladığı kulübedeki büyük küpten, bir bardak köpekbalığı yağı içerdi. Küpü oraya canı isteyen herkesin içmesi için koymuşlardı. İçlerinden çoğu bu yağın kokusundan tiksinirdi; ama bu yağdan bir tascık içivermek, her gün kalkmaya zorunlu oldukları saatte uyanmaktan hiç de güç değildi. Hem soğuk algınlıklarına, gribe ve göz ağrılarına çok iyi gelirdi.

Yaşlı adam gözlerini yukarı kaldırdığı zaman kuşun yine havada süzüle süzüle dönmekte olduğunu gördü.

Yüksek sesle, "Balık buldu galiba" diye söylendi. Suyun durgunluğunu bozan bir uçanbalık ya da sıçrayışlarla oynaşan küçük balıklar da yoktu görünürde. İhtiyar dikkat kesilmiş, denizi kolluyordu. Birden bir küçük turna havaya fırlayarak tepesi üstü tekrar suya gömüldü. Turna havada bir an bir kılıç gibi yanıp sönmüştü. Onun suya düşüşünü bir başkasının fırlaması izledi; arkasından bir başkası; bir daha, bir daha; suyun yüzü zıplayan balıkların curcunasıyla cümbüşlenmişti.

Yaşlı adam, "bu kadar hızlı gitmeseler birkaç tanesini tutardım" diye düşündü. Sürünün suyu nasıl bembeyaz köpük içinde bıraktığını seyrediyordu. Tepedeki kuş zaman zaman suya dikilip panik içindeki balıklardan birkaçını kapmaya çalışıyordu.

"Bu kuş hayli işe yarıyor" diye söylendi.

Tam bu sırada kıçtaki halkadan geçirdiği oltanın ipi ayaklarının altında geriliverdi; ihtiyar adam kürekleri bırakarak oltaya el attı, küçük bir balığın ağırlığını hissedince hızla içeri doğru çekmeye başladı. Oltanın ipi kısaldıkça titreyişi artıyordu; biraz sonra balığın koyu renkli, siyahımsı sırtı ve altın sarısı karnı seçilir oldu. İçeri aldığı balık güneşin altında fişek biçimli vücudu, iri aptal gözleriyle yerde debeleniyor, biçimli kuyruğunu yere vura vura can veriyordu. İhtiyar iyilik olsun diye başına hafif bir tekme vurarak kıçaltına doğru itti. Balığın düzgün vücudu hâlâ titremekteydi.

"Palamut" diye mırıldandı. "İyi yemlik olur. Hem de ne kadar iri, en aşağı 4-5 kilo gelir."

Kendi başına kaldığı zaman yüksek sesle konuşma alışkanlığının ilk kez ne zaman başladığını anımsamıyordu. Eski günlerde yalnız kalınca şarkı söylerdi; kaplumbağa avlayan teknelerde çalışırken de gece nöbette yalnız kaldığında şarkı söylerdi. Yüksek sesle konuşmayı herhalde çocuk yanından ayrıldıktan sonra huy edinmişti. Fakat ne zaman olduğunu kesin olarak anımsamıyordu. Çocukla birlikte avlanırken yalnız gerektiği zaman laf ederlerdi. Geceleri ya da fırtınaya tutuldukları havalarda da konuşurlardı. Denizdeyken boş yere gevezelik etmemek bir çeşit meziyet olarak kabul edilirdi ve yaşlı adam bu eski geleneği büyük bir bağlılıkla ve saygıyla sürdürürdü. Oysa şimdi yanında canını sıkacağı kimse olmadığından aklından geçenleri çok defa yüksek sesle mırıldanıyordu.

Açıktan "Başkaları böyle yüksek sesle konuştuğumu duyacak olsa deli olduğuma düşünür" diye söylendi. "Fakat kendim deli olmadığımı bildikten sonra vızgelir, ne derlerse desinler. Hali vakti yerinde olanların kayıklarında, çalgı çalan, maçları anlatan radyoları var."

"Şimdi maçları düşünmenin sırası değil" diye geçirdi aklından. "Şimdi düşünülecek tek şey var. Zaten dünyaya da onun için gelmişim. Bu sürünün arasında bir irisi vardır elbet. Oltaya takılan palamutçuklardan yolunu şaşıran biri. Fakat ne de hızlı gidiyor mübarekler. Bugün ne hikmetse her şey alabildiğine koşuyor. Yoksa zamanı mı geldi, acaba? Yoksa havanın değişeceğine dair bilmediğim bir işaret mi bu?"

Sahilin yeşil çizgisi gözden kaybolmuştu ama üstüne yığılı beyaz bulutlarla yüksek karlı yamaçlar gibi duran mavi tepeleri hâlâ seçebiliyordu. Deniz iyice koyulaşmış, suda sık sık prizmalar oluşmaya başlamıştı. On binlerce plankton tanesi, öğle güneşinin parlak ışığı altında eski ışıltısını kaybetmiş, derinliklere doğru dikine inmeye başlamıştı.

Turnalar yeniden dibe dalmıştı. İşin doğrusu, balıkçılar bu tür balıkların hepsine turna derler, özel adlarını, onları satacakları ya da yemle değiştirecekleri zaman kullanırlardı. Güneş iyice ısınmıştı, kürek çekerken ihtiyarın sırtında ensesinden kuyruksokumuna doğru ter damlaları iniyordu.

"Yorgunluktan bitsem de, perişan olsam da" diye düşündü, "oturduğum yerde uyurum. Oltanın ipini ayağıma sararım, bir şey olursa beni uyandırır. Bugün seksen beşinci gün, artık iyi bir vurgunun sırası çoktan geldi geçti bile."

Tam bu sırada olta ipinin altında küpeşteye dayadığı tahta çubuklardan birinin düştüğünü gördü.

"Hah" diye söylendi. "Oldu." Yavaşça kürekleri bıraktı. Oltayı başparmağıyla işaretparmağı arasında tutarak hafifçe yokladı. Hiçbir kıpırtı vermeyen oltayı bütün dikkatiyle, oynatmadan tutuyordu. Ansızın bir titreme oldu. Bu seferki deneme kabilinden gelip geçici bir yoklamaydı. Fakat ihtiyar ne olup bittiğini çok iyi biliyordu. Yüz kulaç derinde bir kılıç, zokanın ucundaki sardalyeyi yemekle meşguldü. Arkasından taptaze balık etleri içinde gizli iğnenin çengelli ucu gelecekti.

Yaşlı adam oltayı büyük bir dikkat ve duyarlılıkla sol elinde tutuyor, bir yandan da yavaş yavaş ipi sallıyordu. Balığın bir gerginlik hissedip huylanmaması için oltayı böyle salmak gerekirdi.

"Ağzı kocaman olmalı" diye düşündü. "Ye balık, ye yavrum, yut onu. Bak ne güzel, taze taze; mis gibi, değil mi? Haydi yut onu. Yüz kulaç dipte buz gibi suyun etkisiyle daha da sertleşmiş, dirilmiştir. Karanlık dünyanda bir takla at; dön, gel, biraz daha kokla. Yiyiver onu."

Önce hafif bir vurma, arkasından biraz daha hızlısı geldi, sardalyenin başı biraz sert gelmiş olacaktı. Sonra yine hareketsizlik başladı.

"Gel yavrum, gel" diye yüksek sesle mırıldanıyordu. "Dön bir daha gel. Kokla bak, mis gibi. Ne güzel değil mi? Haydi ye, ye benim güzel balığım. Bak, arada da ne güzel bir turna eti var. Diri, sert, buz gibi... Utanma, haydi be, utanma balık. Ye, yut onu."

Oltanın ipi iki parmağı arasında bekliyor, ötekileri de gözden kaçırmamaya çalışıyordu. Balık yukarı çıkmış olursa, ötekilerden birine de vurabilirdi. Hafif sarsıntı bir defa daha tekrarlandı.

Yüksek sesle, "Yiyecek bu sefer" diye mırıldandı. "Allahım yardım et ona da, yemi yutsun."

Fakat umduğu bu sefer de olmadı. Balık uzaklaşmış, olta yeniden hareketsiz kalmıştı.

"Gitmemeli" diye söylendi. "Allah bilir ya, bunu da kaçırırsam yandık. Yine dönecektir. Belki daha önce de oltaya takılmıştır da, ondan böyle korkak, ürkek hareket ediyordur."

Oltanın ucunda yeni bir sallantı oldu. İhtiyar sevinmişti.

"Döndü" diye söylendi. "Bu sefer yutacak artık."

Hafif vuruşları duyumsamaktan zevk alıyordu. Birden sert bir çıkış ve ardından umulmaz bir ağırlık hissetti. Balığın ağırlığıyla ipin ucunu bırakmaya başladı; ilk iki yedek makara açılmıştı. Oltanın ipi iki parmağı arasında kayarak aşağı doğru inerken bile, uçtaki balığın ağırlığını belli belirsiz sezinlemekten geri kalmıyordu.

"Ne balık be" diye mırıldandı. "Zokanın kenarları ağzına takıldı, ondan kurtulmak için çırpınıyor olmalı."

"Zamanla yutacak" diye düşündü. Bunu yüksek sesle söylememişti; çünkü iyi şeyler yüksek sesle söylenirse olmayıverirdi. Bunun kocaman bir balık olduğunu biliyor ve enlemesine ağzına takılan zoka ile birlikte karanlıkta çırpındığını tahmin ediyordu. Tam o sırada çırpınmanın kesildiğini hissetti; fakat ağırlık hâlâ ortada, oltanın ucundaydı. Bir süre parmaklarını sıktı; bu hareketiyle ağırlık artmış, ipin eğrisi daha dibe doğru inmeye başlamıştı.

"Tamam" diye mırıldandı. "Şimdi iyice yutmasını bekleyelim."

Sol eliyle uzanıp yumağın ucunu öteki iki yedek yumakla birleştirirken bir yandan da ipi salmaya devam ediyordu. Şimdi hazırdı artık. Yedekte kırkar kulaçlık üç yumağı daha vardı.

"Biraz daha ye" dedi. "İyice yut yavrum."

Aklından, "iyice yut ki, zoka ta içine insin, iğnesi bağrına saplanıp işini bitirsin" diye geçiriyordu. "İstersen yukarı çık da zıpkınla haklayıvereyim. Ha, ne dersin? Haydi, hazır mısın? Yoksa inat mı edeceksin?"

Birden "Hop!" diye bağırarak iki eliyle birden tuttuğu ipi hızla çekti; yarım metre kadar içeri aldığı oltayı bir eliyle çekerken, boşta kalan öteki elini vücudunun düzgün bir hareketiyle ileri doğru atarak, yaylana yaylana, bütün gücüyle çekiyordu.

Fakat bu çabasının bir yararı olmadı. Balık eskisi gibi çırpınmakta devam ediyor ve yaşlı adamın bütün asılmalarına karşın bir karış olsun yukarı çıkmaya razı olmuyordu. Sonra yavaş yavaş uzaklaşmaya başladı. İhtiyar ipi omzundan aşırmış, öne doğru abanarak hâlâ çekmeye, karşı koymaya çalışıyordu. Özellikle büyük balıklar için yapılmış oltanın sağlam ipi iyice gerilmiş, üzerindeki su damlalarını sıçratmaya başlamıştı. Gergin ip suda ıslığa benzer bir ses çıkarıyordu. Yaşlı adamın öne abanarak ipe asılmasına karşın kayık kuzeybatı yönünde hafif hafif yol almaya başladı.

Balık durmadan gidiyor, kayık da durgun sular üstünde aynı yönde ilerliyordu. Suyun üstü yine küçük balıkların cümbüşüyle dolmuştu ama yapacak bir şey yoktu ki.

"Keşke çocuk yanımda olsaydı" diye söylendi yüksek sesle. "Balık bizi yedeğe aldı. Mübarek bu yaştan sonra halat babası gibi kullanıyor bizi. Oltayı gerecek olsam kırıverir. Zokadan kurtulmasına engel olup fazla azıttığı zaman ipi gevşetmekten başka yapacak bir şey yok. Bereket versin düz gidiyor, ya dibe inseydi?

Dibe inmeye başlarsa ne yaparım bilmem. Ta dibe iner de orada ölüverirse ne gelir elimden. Ama ellerim böğrümde durmam ya, bir şeyler yaparız elbet. Bunca yıllık balıkçıyız be."

Oltanın ipini hâlâ sırtında tutuyor, onun suda kaybolduğu yere bakarak teknenin kuzeybatı yönünde gidişini seyrediyordu.

Aradan dört saat geçtiği halde balık tekneyi de yedeğine çekerek açık denize doğru ilerle-

43

meye devam ediyor; ihtiyar da olta sırtında, iki büklüm oturuyordu.

"Oltaya vurduğunda öğlendi" diye düşündü. "Bir defacık olsun göremedik daha."

Hasır şapkasını balığı tutmadan önce alnına doğru yıkmıştı, sert kenarı kaşının üstünü acıtmaya başlamıştı şimdi. Hem susamıştı da. Dizlerinin üstüne çöküp, ipi fazla sarsmamaya çalışarak ileri doğru abandı; hafifçe sürünüp başaltındaki testiye uzandı. Ağzına dayayarak birkaç yudum içti. Sonra ağzı bordaya dayalı olarak eski yerine koydu. Sandala boylu boyunca uzattığı seren direğinin üstüne oturmuş, düşünmeden, yalnızca hayal kurmaya çalışıyordu.

Bir ara dönüp arkasına baktı, kara iyice gözden kaybolmuştu. "Fark etmez" diye düşündü. "Havana fenerinden içeri kolayca dönüveririm. Güneşin batmasına daha iki saat var. O zamana kadar yüze çıkıverir bakarsın, belli olmaz. Olmazsa gece ay çıkınca gelir belki. Ya da güneş doğarken yola getiririz. Şimdilik tutulan bir yerim yok, kendimi gayet sağlam hissediyorum. Zoka benim değil ya, onun boğazına takılı. Fakat onu çekip almak da mesele hani. Ağzını iyice kapamış olmalı. Hiç olmazsa bir defacık görebilseydim ne biçim şey olduğunu. Karşımdakinin nasıl bir şey olduğunu öğrenmiş olmak isterdim."

Yıldızların durumundan anlayabildiğine göre, balık yönünü değiştirmeden bütün gece yol aldı. Güneş battıktan sonra hava soğumuş, ihtiyarın sırtından, kol ve bacaklarından akan terler buz kesilmişti. Gündüz yem kutusu üstüne örttüğü çuval parçasını güneşe serip kurutmuştu. Güneş battıktan sonra onu ensesine dolamış, bir ucunu da omzundaki olta ipinin altına yerleştirmişti. Oldukça yumuşak olan çuval oltanın ağırlığını azaltmış, biraz da küreğe doğru abanarak rahatlamıştı. Daha doğrusu bu yeni durum eskisine oranla biraz daha az can yakıcıydı ama ihtiyara büyük bir ferahlık vermiş, pek rahat gelmişti.

"Ne o bana bir şey yapabiliyor, ne de ben onu yola getirebiliyorum" diye düşündü. "Bu gidişle de kolay kolay yola geleceğe benzemez."

Bir ara ayağa kalkarak küpeştenin kenarına abanıp denize işedi. Bir yandan da yıldızları inceliyor, yönünü saptamaya çalışıyordu. Oltanın omzundan aşağı dimdik suya dalan ipi karanlıkta fosforlu bir yol çiziyor gibiydi. Eskisinden daha yavaş gidiyorlardı. Havana fenerinin ışığı da gittikçe zayıfladığından akıntının etkisiyle doğuya doğru kaydıklarını anladı. "Fenerin ışığı iyice kaybolursa daha aşağı, doğuya düşüyoruz demektir" diye aklından geçirdi. "Balık eski yönünde gidecek olursa daha birkaç saat feneri görürüz. Bugünkü maçlar nasıl oldu acaba? Bu işi görürken şimdi bir de radyo olsaydı yanımda fena mı olurdu? Ama o zaman aklım fikrim onda olacaktı. Nene lazım senin, sen elindeki işine yor aklını. Aptallığın gereği yok."

Sonra yüksek sesle "Keşke çocuk yanımda olsaydı" diye söylendi. "Faydası olurdu. Şu nesneyi görmeme yardım ederdi."

Onun yaşına gelmiş bir kimsenin yalnız başına kalması doğru değildi. Oysa kaçınılmaz bir şeydi bu. "Gücümü yitirmemek için turna balığından bir parça yemeliyim" diye düşündü. "Unutma, iştahın olmasa bile sabah olunca bunu yemeyi sakın ihmal etme. Unutma ha..." diye kendi kendine söz verdi.

Gece suya batıp çıkarken çıkardıkları seslerden, kayığını iki yunusun izlediğini anlamıştı.

46

Erkek yunusun burundan solumayı andırır sesi ile dişisinin iç çekişine benzeyen nefes alışını birbirinden ayırmakta çok ustaydı.

"İyidir bunlar" diye söylendi. "Birbirleriyle oynaşır, birbirleriyle şakalaşır; öylesine sevişirler ki. Uçanbalıklar gibi kardeşliğiz bunlarla da."

Oltasına takılan balığa acımaya başlamıştı. Avcısının yaşlı olduğunu bilen bir garip, bir harika balıktı bu. "Şimdiye değin bu derece kuvvetli ve tuhaf huylu bir balığa rastlamamıştım. Yalnız aklı başında, pek zıplamaya niyeti yok gibi. Allah etmesin bir fırlayıverse işim bitiktir. Belki daha önce birkaç kez yakalanmışsa, nasıl mücadele edileceğini biliyordur. Karşısındaki adamın tek başına ya da benim gibi bir moruk olduğunu nereden bilecek? Dehşet bir hayvan olmalı bu; eti de güzelse iyi para edecek. Zokayı erkek balıklara has bir şekilde yuttu. Çekişi de erkek gibi, paniğe kapılmadan erkek gibi dövüşüyor. Acaba bir planı, bir düşündüğü var mı; yoksa o da bencileyin ümitsiz mi?"

Bir çift kılıçtan birini yakaladığı günü anımsadı. Erkek balık yemi önce dişisine bırakır. Bu yüzden oltaya dişi balık takılıvermiş ve büyük bir korku, panik ve ümitsizlik içinde çırpınarak kısa sürede yorgun düşmüştü. Bütün bunlar olup biterken erkek bir dakika bile dişisinin yanından ayrılmamış; oltanın ipini dişlemeye çalışarak etrafında dönmüş durmuştu. Mübarek öyle sokuluyor, öyle akla gelmez işler yapıyordu ki ihtiyar oltanın ipini koparmasından, kafasının ucundaki o kılıç gibi, tırpan gibi silahıyla kayığına bir şey yapmasından korkmuştu. Zıpkını saplayıp, testere uçlu uzun sopalarını vura vura balığı iyice sersemletmişler, sonra da güç bela tekneye almışlardı. Hayvanın başı, yediği darbelerden, bir aynanın arkası gibi kararmıştı. Fakat erkek kılıç uzun süre teknenin yanından ayrılmamıştı. Sonra ihtiyar, oltanın karışan iplerini açıp nacağı hazırlarken erkek balık tam kayığın yanı başında, dişisini görmek istiyormuş gibi yukarı doğru dikilmiş, eflatun renkli göğüs yüzgeçleri kanat gibi iki yanına gerilmiş olarak büyük bir gürültüyle yeniden sulara gömülmüştü. İhtiyarın anımsadığına göre bu çok güzel, çok can bir balıktı.

Yaşlı adam, "Bu olay, uzun balıkçılık hayatımda rastladığım en hazin avlardan biriydi" diye düşündü. "Çocuk bile bir hayli üzülmüştü de balıktan özür dileyip ondan sonra parçalamıştık."

"Keşke oğlanı da alsaydım" diye yüksek sesle mırıldanarak, oturak tahtalarının üstüne çöktü. Omzunda tuttuğu oltanın ucundaki büyük ağırlığın, tutturduğu yönde yoluna devam ettiğini hissediyordu.

"Zulmü yapan benim, tercihi de onun yapması doğru" diye düşündü.

Durumuna bakılırsa balık her türlü azabın, tuzağın, hilenin erişemeyeceği derin, karanlık sularda kalmayı yeğliyordu. "Ben her şeyden, herkesten çok onu yakalamak istiyorum. Dünyada herkesten, her şeyden çok. Şimdi ikimiz birleştik, öğlenden beri birlikteyiz. Hem de tek başımıza.

Daha iyisi balıkçı olmamalıydım belki. Ama bu iş için yaratılmışım. Ortalık ağarır ağarmaz turnayı yemeyi unutmamalıyım."

Güneş doğacağına yakın arkadaki oltalardan birine bir şey vurmuş olmalıydı ki, ipin altında küpeşteye dayalı çubuk sarsıntıdan yere düşmüştü. Olta ipinin titrerken küpeşte kenarına sürterek çıkardığı sesi duyabiliyordu. Karanlıkta sustalı çakısını kılıfından çıkardı; balığın bütün ağırlığını sol omzuna aktararak, hâlâ titremekte olan oltanın ipini kesti. Sonra hemen onun yanındaki ipi de kesti ve karanlıkta, yedek makaralarının uçlarını güvenceye aldı. Tek elini büyük bir ustalıkla kullanıyordu, yalnız makaraların boştaki uçlarını düğümlerken ayağını uzatıp üzerlerine bastı. Böylelikle yedek makaraların sayısı altıya yükselmiş ve hepsi birbirine bağlanmış bulunuyordu.

"Gün doğduktan sonra" diye düşündü. "Kırk kulaçlık oltaları da kesip buna eklerim. İki yüz kulaçlık en iyi cins Catalan marka *cardel* ile zokaları, fırdöndüleri de kaybedeceğim ama ne çıkar. Onları yerine koymak işten bile değil. Bu balığın yerini başka hangi balık tutar ki! Biraz önce kesip attığıma takılanın nasıl olduğunu bile merak etmiyorum. Belki bir köpekbalığı, ya da kılıç veya başka bir balıktı. Olsun, elimi bile sürmedim oltaya. Bir an önce kurtulduğuma iyi ettim."

Yüksek sesle de "Keşke çocuk yanımda olsaydı" diye söylendi.

"Ama yok işte" diye düşündü. "Sadece kendi kendinesin. Onun için biraz dikkat edip elinde kalan şu son oltayı adam gibi bir işte kullan, karanlıkta ya da aydınlıkta ne zaman olursa olsun kes at; ondaki makaraları da yedeğe al."

Tıpkı düşündüğü gibi yaptı. Karanlıkta çalışmak hiç de kolay değildi. Bir ara, balığın hiç beklemediği bir hareketiyle yüzükoyun yere kapaklandı; gözünün altı patlamıştı. Yanağından aşağı ince bir kan sızmış, fakat çenesine varmadan pıhtılaşarak kurumuştu. Güçlükle pruvaya kadar ilerleyip, tahtaların üstüne çöktü. Omzundaki çuval parçasının yerini değiştirerek oltayı büyük bir dikkatle yeniden yerleştirdi; balığın çekişini, sandalın eski hızıyla yoluna devam ettiğini hissediyordu.

"Acaba niye böyle birden atıldı ki?" diye düşündü. "Herhalde olta sırtından aşağı kaymış olmalı. Ama nerede, onun sırtı benimki kadar acır mı hiç? Ne kadar büyük, kuvvetli olursa olsun, daha ne kadar böyle çekebilir acaba? İşi karıştırıp ayağıma dolanabilecek her şeyi temizledik şimdi; yedek makaralar da hazır. Yapacak başka şey yok artık."

"Balık" diye fısıldadı. "Ölene kadar peşini bırakmayacağım."

"Sanırım o da beni bırakmayacak" diye aklından geçirdi. Ortalığın ağarmasını bekliyordu.

Şafak vakti hava iyice soğumuş, sert bir ayaz çıkmıştı. Isınmak için sırtını arka tahtasına sürtmeye başladı. Bir yandan da, "Onun dayandığı kadar ben de dayanırım" diye düşünüyordu. İlk ışıklar belirirken her şeyden önce, omzundan sarkıp havada üç-beş kulaç uzandıktan sonra suya gömülen ipe baktı. Tekne aynı biçimde yoluna devam ediyordu. Güneşin ucu yaşlı adamın sağ omzu üstünde yükseliverdi.

"Şimdi de kuzeye döndü" diye söylendi. "Akıntı doğuya doğru sürükler diye düşünmüştüm. Keşke akıntıyla birlikte dönseydi. Yorulduğuna işaret olurdu bu."

Güneş iyice yükseldikten sonra yaşlı adam oltanın ucundaki balığın hiç de yorulmamış olduğunu anladı. Lehine yalnızca bir belirti vardı. Olta ipinin suya gömülürken yaptığı eğriden balığın daha yukarı düzeyde bulunduğu belli oluyordu. Bu hiçbir zaman atlama niyetinde olduğunu kanıtlamazdı ama hani öyle de yapabilirdi birden.

"Allahım, zıplatıver şunu" diye mırıldandı. "Onu idare edecek kadar bol ipim var şimdi."

"İpi biraz gerecek olursam canını yakıp zıplatabilirim belki" diye düşündü. "Şimdi ortalık iyice aydınlandı, bir zıplayacak olursa karnına hava dolar, bir daha da derinlere inemez."

Oltanın ipini germeye çalıştı; balık zokayı yutalı beri ip ilk kez kopacak dereceye gelmişti. Arkasına doğru abanıp ipi çekerken şiddetli bir karşı koyma hissediyor, daha fazla çekemeyeceğini anlıyordu. "Zaten daha fazla germek doğru değil" diye düşündü. "Her seferinde zokanın açtığı yarayı biraz daha genişleteceğinden, birden sıçrayacak olursa ağzından fırlatıverir sonra. Neyse güneş insanı kendine getiriyor. Şimdi daha iyiceyim."

Oltanın ipine sarı yosun parçaları takılmıştı, ihtiyar bunların bütün gece denizi taramalarından ileri geldiğini biliyordu; hatta bir dereceye kadar da hoşnut oldu buna. Gece denizin karanlık sularını kıvılcımlandıran sarı Gulf yosunlarıydı bunlar.

"Balık" diye söylendi. "Seni seviyorum, sana saygı duyuyorum. Ama bilmiş ol ki gün bitmeden seni öldüreceğim."

İçinden de "Dilerim öyle olur" diye geçirdi.

Kuzeyden teknesine doğru küçük bir kuş geliyordu. Bu çalıbülbülü denen kuş, suların üstünde pek alçaktan uçuyordu. İhtiyar, onun bitkin bir durumda olduğunu gördü.

Kuş geldi kayığın kıç omuzluğuna kondu. Sonra ihtiyar balıkçının başının üstünde dolaşarak daha rahat bulduğu olta ipinin üstüne yerleşti.

İhtiyar, kuşa, "Kaç yaşındasın?" diye sordu. "Bu ilk yolculuğun mu yoksa?"

O konuşurken kuş gözlerini gözlerine dikmişti. Üstüne konduğu ipin ne olduğuna bile bakmadan küçücük ayaklarıyla iyice kavramış, onun sallanışlarına uyarak hafif hafif dalgalanıyordu.

"Hiç oynamıyor" diye söylendi ihtiyar balıkçı. "Çok hareketsiz, rüzgârsız, durgun bir geceden sonra niye bu kadar yorgunsun? Nereye koşuyorsun?"

"Atmacaya tabii" diye düşündü. Böyle ufakların yolunu onlar beklerdi. Fakat aklından geçenleri kuşa söylemedi. Nasıl olsa anlamayacaktı. Hem bir gün gelir, atmacaları kendi kendine öğrenirdi.

"Dinlen küçük kuşum" dedi. "Dinlen de her insan, her balık, her kuş gibi kısmetinin, akıbetinin kucağına düş. Nasıl olsa ondan kurtuluş yok."

Böyle konuşmak cesaretini artırıyordu; çünkü gece sırtı tutulmuş, şu sıra gerçekten canını yakmaya başlamıştı.

"İstersen benimle kal kuş" diye sürdürdü. "Kusura bakma, yelkeni açıp seni sabah melteminde serinletemiyorum. Ama yine de dost bil bizi."

Tam bu anda balık birden ileri atıldı; az kalsın ihtiyarı oturduğu yerden alıp başaltına sokuyordu. Bir kenara tutunup oltanın ucunu salmasaydı, çekip götürebilirdi de.

Oltanın oynayışıyla kuş havaya fırlamıştı, ihtiyar onun gidişini fark etmedi bile. Oltayı tutan sağ eli hafiften kanıyordu.

Yüksek sesle, "Bir yerine bir şey oldu herhalde" diye söylenirken bir yandan da "balığı çekebilir miyim acaba" diye iplere asılıyordu. İp yeniden gerilip kopacak gibi olunca arkasına abanıp bu durumunu korumaya çalıştı.

"Artık sen de biliyorsun ki, canına tak dedi, değil mi balık?" diye mırıldandı. "Allah bilir ya, benim de."

Yanında can yoldaşı olarak hoşuna gittiğinden çevresine bakınarak kuşu aradı. Küçük kuş gözden kaybolmuştu.

"Çok kalmadın" diye düşündü. "Ama sahili bulana dek epey çekeceğe benziyorsun. Ne diye böyle tedbirsiz davranıp, balığın elimi kan içinde bırakmasına göz yumdum? Aptallaşmaya başladık artık. Ya da küçük kuşla dalga geçiyorduk, gafil avlandık. Bundan sonra kafamı elimdeki işime verip turnadan bir lokma yiyeceğim. Gücümü yitirmeye gelmez."

Yüksek sesle, "Keşke çocuk yanımda olsaydı, bir avuç tuz verirdi" diye söylendi.

Oltanın ağırlığını sol omzuna aktararak yavaş yavaş diz çöküp ellerini deniz suyuna soktu; bir dakikadan fazla kanının okyanus sularında bıraktığı pembe izi seyretti. Eline vuran dalgalar şimdi pek hafiften geliyordu.

"Oldukça yavaşladı" diye söylendi.

Yaşlı adam elini suda daha uzun süre tutmak isterdi ama balığın yeni bir hamle yapmasından çekindiğinden ayağa kalktı; sırtını küpeşteye dayayıp elini güneşe doğru uzatarak baktı. İpin açtığı yara hafif sayılırdı ama elinin pek işlek bir yerinde oluşu canını sıkıyordu. Bu işi bitirmek için eline çok ihtiyacı vardı ve daha başlangıçta böyle yaralanmak hoşuna gitmiyordu.

Eli kuruduktan sonra "Şimdi" diye söylendi. "Bir parçacık balık yiyelim. Turnayı zıpkınla önüme kadar çekip burada rahat rahat yiyebilirim."

Yere çöktü, elindeki zıpkınla başaltındaki turnayı bulup yerdeki makaralara takmamaya çalışarak kendine doğru çekti. Olta sol omzunda olduğu halde, sol tarafıyla oturduğu yerde küpeşteye dayanarak balığı aldı ve zıpkını tekrar eski yerine koydu. Sonra balığın yarısını bir dizinin altına sıkıştırarak kuyruktan başına doğru enlemesine kesmeye başladı. Dilimler altı tane olunca yan yana pruva tahtasının üstüne dizdi. Bıçağını pantolonunun yanına sürüp temizledi; balığın geri kalan kısmını kuyruğundan tutup denize attı.

"Nasıl olsa hepsini yiyemem" diye söylenerek tahtanın üstündeki dilimlerden birini ortasından ikiye böldü. Oltanın ağırlığı bastırmaya devam ediyordu. Sol eli iyice uyuşmuş, tümüyle tutulmuş gibi olmuştu. Sıkıca kavradığı olta ipinin üstüne kıvrılmış eline dehşetle baktı.

"Bu ne biçim el" diye söylendi. "İstersen kop be. Kıvrılsan da, olduğun yerde kuruyup kalsan da faydası yok. Haydi iyisi mi kendiliğinden yola gel" diye düşünerek, gözlerini ipin daldığı karanlık sulara dikti. "Yersen elinin kuvveti artar. Kabahat onda değil, saatlerdir bu balıkla uğraşıyorsun. Ama sonuna kadar da uğraşabilirsin. Ye şimdi şu bonito'yu."

Biraz önce kestiği parçayı alarak ağzına attı, yavaş yavaş çiğnemeye başladı. Pek öyle lezzetsiz bir şey değildi.

"İyice çiğne de bütün özü çıksın" diye düşündü. "Biraz limon ya da bir çimdik tuz veya koruk suyu olsaydı ne iyi olurdu!"

Bir ölü eli gibi kaskatı kesilmiş parmaklarını süzerek, "Elim, nasılsın?" diye sordu. "Bak, sırf senin için biraz daha yiyeceğim."

İkiye ayırdığı parçanın öteki yarısını da ağzına attı. İyice çiğnedikten sonra özünü yutup derisini denize tükürdü.

"İşler nasıl elim? Yoksa daha fark etmedi mi?"

Büyük bir parça daha alıp çiğnemeye başladı.

"Kuvvetli, diri bir balıkmış" diye düşündü. "Talihim varmış ki yunus yerine bu takıldı oltaya. Yunusun eti çok tatlımsıdır. Bu öyle değil, hem daha da besleyici."

58

"Pratik bir adam olmaktan iyisi var mı?" diye düşündü. "Keşke yanıma biraz tuz almış olsaydım. Geri kalanı güneş kurutur mu kurutmaz mı bilmiyorum ki. Karnım aç olmasa bile hepsini yemek en iyisi. Balık şimdilik sakin, yolunda gidiyor. Şunun hepsini bitirivereyim de, hazırlıklı olalım."

"Biraz sabret" dedi, "bunları hep senin için yapıyorum."

"Balığa biraz yem verebilseydim" diye geçti aklından. "Kardeşlik sayılırız. Yine de onu öldürmem gerek. Bunun için de güçlü olmalıyım." Ağır ağır, içine sindire sindire, sivri uçlu hançer biçimli dilimlerin hepsini yedi, bitirdi.

Sonra elini pantolonuna silerek doğruldu.

"Şimdi" diye söylendi. "Oltanın ipini bırakabilirsin elim. Bu saçma inadın geçene kadar sağ elimle idare ederim onu." Sol ayağıyla ağır ipin ucuna basarak arkasına doğru abandı.

"Allahım, yardım et de şu tutukluk gitsin" diye yalvarıyordu. "Balık ne yapacak bilmiyorum, onun için şu elim iyileşmeli artık."

"Fakat mübarek de pek sakin. Bir şeyler mi düşünüyor acaba? Ama ne düşünebilir? Ben ne yapacağım? Benim planım ne olacak? Onun

59

cüssesini göz önüne alarak daha tedbirli olmalıyım. Sudan dışarı zıplayacak olsa, hemen yakalayıveririm; ama hiç de niyetli görünmüyor. Bu durumda daha uzun süre beraber olacağız demektir."

Kramp giren elini pantolonuna sürterek parmaklarını oynatmaya çalıştı. Fakat açılmıyordu bir türlü. "Belki güneş açar" diye düşündü. "Belki de yediklerimi sindirince geçer. Bu ele ihtiyacım olduğuna göre neye mal olursa olsun çözüp oynatmalıyım parmaklarımı. Ama şimdi zorlamak istemiyorum. Kendi kendine açılsın daha iyi. Zaten bütün gece öteki oltaları koparmaya, yedek makaraları birbirine bağlamaya çalışırken onu yeterince yıpratıp incittim."

Denize bakarak yalnızlığını bir kez daha hissetti. Görünürlerde, karanlık sularda yansıyan prizmalardan, okyanusa gömülen oltanın eğrisinden ve hafif çırpınışlarından başka bir şey yoktu. Şu anda mevsim rüzgârları gökyüzünde bulutlar biriktiriyordu. Gözlerini yukarı kaldırdı, suların üstünde gökyüzüne bir yaban ördeği sürüsü oyulmuş gibiydi; derken bu güzel manzara buğulandı, sonra yeniden eski netliğine kavuştu. Denizde kimsenin yalnız başına kalmayacağını bir defa daha anlamıştı.

Kimilerinin böyle küçük sandallarla açıldıkları zaman, karayı gözden kaybetmekten nasıl korktuklarını düşündü. Fırtına mevsiminde hakları da vardı hani. Fakat şimdi kasırgaların çıktığı aylarda bulunuyorlardı; bu mevsim kasırga kopmadığı günler, yılın en güzel, en sakin günleridir.

"Denizdeyken kasırganın yaklaşmakta olduğu, günlerce önce gökte beliren işaretlerden belli olur. Fakat sahildekiler neye baktıklarını bilmediklerinden bu belirtileri göremezler" diye düşündü. "Sahilde bulutların şekli bile farklıdır. Havada şimdilik her şey hayra alamet."

Gözlerini yukarı kaldırdı; bembeyaz kümülüsler kaşık kaşık yığılmış dondurmaların sevimli yüzünü andırıyordu. Ta yukarıda bu ekim seması sirriuslarla bir tüle bürünmüş gibiydi.

"Brisa"[10] diye söylendi. "Havalar daha epey iyi gidecek, balık. Bu da benim lehime."

Sol eli hâlâ tutuktu ama yavaş yavaş açılıyor gibiydi.

---

10) brisa: hafif ve serin rüzgâr, meltem. (y.n.)

"Kramptan da nefret ederim" diye düşündü. "İnsana bundan büyük zulüm olur mu? Ekşimiş yemek yese insan ishal olur, haydi haydi kusmak ister. Bu durum adamın onuruna dokunan, başkalarından utandıran bir iştir. Ama bu uyuşma, bu kramp yok mu, insanı kendi nefsinden utandıran, kendi nazarında küçük düşüren kötü bir acz, bir *calambre*[11] be.

Şimdi çocuk yanımda olsaydı, kolumu ovuşturur açardı. Ama kendiliğinden de açılacak gibi bu gidişle."

Tam bu sırada denize inen eğrinin durumunu görmeksizin, sağ elindeki ipte bir değişiklik olduğunu sezinlemişti. Arkasına abanmış, sol elinin tersini pantolonun paçasına daha hızlı sürterken, olta ipinin yavaş yavaş yukarı çıktığını gördü.

"Yüze çıkıyor" diye mırıldandı. "Haydi yavrum, haydi gülüm. Göreyim seni, çık dışarı."

İp yavaş yavaş yükselmeyi sürdürdü; kayığın ilerisinde okyanusun suları karışmış ve balık yüze çıkmıştı. Güneşin altında ışıl ışıldı. Başı ve sırtı koyu morumsu, yan tarafta karnına doğru daha açık eflatun renkteydi. Başının ucundaki

11) calambre: kramp. (y.n.)

kılıç hemen hemen bir beyzbol sopası uzunluğunda olup, uca doğru gittikçe inceliyordu. Bir ara boylu boyunca havaya fırlayıp usta bir dalgıç gibi yeniden sulara gömüldü. Yaşlı adam keskin parlak bir kılıç gibi yanıp sönen kuyruğuna varıncaya dek her yanını görmüştü.

"Benim tekneden en aşağı yarım metre daha büyük" diye söylendi. Olta ipinin büyük bir hızla açılmasına karşın balık telaşa kapılmamıştı. İhtiyar iki eliyle oltaya asılmış, ipi daha fazla salmamaya çalışıyordu. Balığı yavaşlatmayı başaramazsa, yedek makaraları tüketip, ipi koparacağını biliyordu.

"Bu büyük balığı yola getirmem gerek" diye geçirdi aklından. "Kendi gücünü öğrenmesine, böyle uçmaya devam ederse başıma gelecekleri anlamasına izin vermemeliyim. Ben onun yerinde olsaydım varımı yoğumu biraraya getirir, her şeyi kırıp dökene kadar koşar, koşardım. Bereket versin onlar kendilerini haklayan bizler kadar akıllıca düşünemiyorlar; bizden daha soylu, daha becerikli oldukları gerçek ama ne var ki bizdeki akıl yok onlarda."

Yaşlı adam, çok büyük balık görmüştü. Ağırlığı beş-altı yüz kiloyu geçenleri çok görmüş ve böylesinden iki tane de kendisi yakalamıştı ama yalnız başına değildi o zaman. Şimdi tek başına, kıyıdan çok uzakta ve bir kartal pençesi gibi kıvrılıp kalmış sol eliyle, o zamana kadar görüp işittiği en büyük balığın peşine takılmış koşup duruyordu.

"Ama açılır canım" diye düşündü. "Muhakkak açılır ve sağ elimin yardımına koşar. Ellerimle balık birbirleriyle kardeşlik oldu âdeta. Onun için inadı bırakmalı artık. Böyle tutuk kalırsa ne yararı olur?" Balık yine yavaşlamış eski yerine dönüyordu.

Yaşlı adam, "Acaba ne diye atladı birden?" diye düşündü. "Ne kadar büyük olduğunu mu göstermek istedi dersin? Ama iyi oldu, tanıştık. Ona ne çeşit bir adam olduğumu gösterebilmeyi çok isterdim. Fakat o zaman elimin tutuk olduğunu hemen anlardı. Bırak, beni olduğumdan kuvvetli sansın da, ben biraz zayıf olayım. Balığı çekip almayı isterdim. Benim arzuma, zekâma karşı koyan her şeyiyle beraber çekip içeri almak isterdim."

Büyük bir rahatlıkla arkasındaki tahtaya dayandı; çilesini olduğu gibi kabul ediyordu. Balık dur duraksız yüzüyor, kayığı da arkasında, lacivert suların üstünde sürüklüyordu. Gündoğusundan esmeye başlayan rüzgâr denizi hafifçe yükseltmiş ve öğleye doğru ihtiyarın elindeki uyuşukluk geçmişti.

Omzundaki olta ipinin altındaki çuval parçasının yerini değiştirirken, "Balık sana kötü bir haberim var" dedi.

Rahat olmasına rahattı ama bir yandan sıkıntı eksik değildi. Ne var ki bu acıya aldırış etmiyordu artık.

"Dindar değilimdir" diye söylendi. "Lakin şu balığı yakalarsam on tane Babamız, on tane Meryem Ana duası okuyacağım. Sağ salim elime geçerse azizlerin ziyaretine gideceğim. Ahdım olsun, söylediklerimin hepsini de yapacağım."

Mekanik bir biçimde dua mırıldanmaya başlamıştı. Bazen böyle çok yorgun olduğunda duaları anımsayamaz ama çabuk çabuk söylemeye başlayınca arkası kendiliğinden geliverirdi. "Meryem Ana duaları Babamız dualarından daha kolaydır" diye düşündü.

"Selam sana ey Meryem, Allahın lütfuna ermiş kadın. Kadınlar arasında kutsal olan senin rahminin meyvesi İsa da kutsaldır. Ey Meryem Anamız, Allahın sevgili kulu, hayatımızda ve ölüm ânımızda biz günahkârlara dua et. Amin."

Sonra ekledi: "Ey mukaddes bakire, bu asil balığın ölümü için de duanı esirgeme."

Duayı okuyup bitirdikten sonra biraz daha ferahlamış hissetti kendini. Fakat o acıyı eskisi kadar, belki daha fazlasıyla duyarak pruvanın arka tahtasına dayandı. Sol elinin parmaklarını mekanik bir hareketle oynatmaya başlamıştı.

Hafif, tatlı bir rüzgâr çıkmıştı. Buna karşın güneş hâlâ yakıcıydı.

"Kıçtaki küçük oltayı yeniden yemlemeli" diye düşündü. "Balık bir gece daha geçirmeye karar verirse yine karnım acıkacak. Testideki su da azaldı, bakalım ne yapacağız. Buralarda da yunustan başka bir şey bulunmaz ki. Onu da taze taze yersek pek fena olmaz ama... Bu akşam bir uçanbalık düşüverse tekneye fena mı olur? Bir fenerim ya da ışığım olsaydı. Çiğ çiğ yemek için uçanbalıktan iyisi bulunmaz; uzun boylu dilmeye bile gerek yok. Gücümü idareli kullanmak zorundayım... Allahım onun bu kadar büyük olacağını hiç beklemiyordum."

"Olsun, onu yine haklarım" diye mırıldandı. "Ne kadar büyük ve kuvvetli olursa olsun."

Aklından da, "Bu haksızlık olacak ya" diye geçiriyordu. "Ama ona bir insanoğlunun neler yapabileceğini, nelere katlanabileceğini göstereceğim.

Oğlana, ben bir garip ihtiyarım, demiştim. Şimdi bunu kanıtlamanın zamanı geldi."

Bunu daha önce binlerce kez kanıtlamış olması hiçbir anlam taşımıyordu. Şimdi bir kez daha yapacaktı. Her seferi kendi başına ayrı bir olaydı ve bunu yaparken geçmişi aklına bile getirmezdi.

"Azıcık uyusa da, ben de biraz kestirip aslanların düşünü görsem... Geriye niye yalnız aslanlar kaldı acaba? Düşünme bunları şimdi ihtiyar" diye geçirdi içinden. "Sırtını tahtaya dayayıp dinlenmene bak, bir şey düşünme şimdi. O çalışıyor ya, sen kendini yorma."

Vakit öğleyi geçmiş ikindiye yaklaşıyordu ve kayık yavaş yavaş fakat sürekli ilerliyordu. Şu anda gündoğusu rüzgârı da başka yönden sallamaya başlamıştı tekneyi. Yaşlı adam bu hafif dalgalar üzerinde omzundaki ipin acısını daha hafiflemiş hissederek, tatlı sallantılar, yaylanmalarla, seke seke koşuyordu.

İkindiye doğru ip yeniden yükselmeye başladıysa da balık su yüzüne fazla yaklaşmadan yoluna devam etti. Güneş ihtiyarın sol kolu üstünde, arkasına doğru kalmıştı. Bu durumda balığın kuzeydoğuya döndüğü anlaşılıyordu.

Onu bir kez gördükten sonra, şimdi suyun içinde, yan yüzgeçleri bir kanat gibi gerili, sivri kuyruğuyla karanlıkları yırta yırta yüzerken düşleyebiliyordu. "O derinlikte çevresini nasıl görür, şaşıyorum" diye düşündü yaşlı adam. "Gözleri kocaman kocaman. At onunkinden çok daha küçük gözleriyle karanlıkta görür. Bir zamanlar ben bile kusursuz görüyordum karanlıkta. Zifiri karanlıkta değil elbette, kedi gözünün görebileceği yerde."

Güneşin sıcaklığı ve parmaklarını sürekli oynatmaya çalışması, elinin uyuşukluğunu gidermiş olduğundan ağırlığı o yana kaydırıp, ipin acıttığı yeri dinlendirmek amacıyla öteki omzunu aşağı yukarı hareket ettirmeye başladı.

Yüksek sesle "Balık, hâlâ yorulmadınsa..." diyordu, "çok garip bir balıksın sen."

Şu anda yorgunluğunu daha derinden duyuyor ve çok geçmeden gecenin çökeceğini biliyordu. Başka şeyler düşünmeye çalıştı. Birinci küme maçlarını düşündü. *Gran Ligas*'ta New

York'lu Yankee'ler Detroit'li *Tiger*'larla oynu-
yordu.

"*Juegos*'ların sonucunu öğrenmeyeli iki gün
oldu" diye düşündü. "Ama içimi ferah tutup, to-
puğundaki kemiğin acısına karşın hiç oyununu
bozmayan DiMaggio'ya güvenmeliyim. Topuk
kemiği de ne ki?" diye sordu kendi kendine. "*Un
espuela de hueso*.[12] Ben böyle şeylerden anla-
mam. İnsanın topuğunu horoz gagalaması kadar
acıtır mı acaba? Ben bu kadarına dayanamazdım
herhalde. Ya da gözünün birini, dahası ikisini
birden yitirdiği halde dövüşü sürdüren horozlar
gibi de olamazdım. İnsanoğlu büyük kuşların,
büyük hayvanların yanında ne ki. Gerekirse şu
denizlerin karanlığındakilerden olmayı tercih
ederdim."

"Köpekbalığı olmamak şartıyla" diye mırıl-
dandı. "Köpekbalığı bu, Allah kimseyi onların
eline düşürmesin."

"DiMaggio bu balıkla benim durduğum ka-
dar durabilir miydi acaba?" diye düşündü. "Daha
genç, daha güçlü olduğuna göre dayanırdı kuş-
kusuz. Hem onun babası da balıkçıydı. Fakat o
kemik çıkıntısı çok canını yakıyor muydu?"

---

12) un espuela de hueso: kemik çıkıntısı.(y.n.)

"Bilmem ki" diye söylendi yüksek sesle. "Benim başıma böyle bir şey gelmedi hiç."

Gurup vaktine doğru kendine olan güvenini artırmak için Kazablanka'da bir barda Cienfuegos'lu bir zenci ile yaptığı kol bükme maçını düşündü. Zenci rıhtımın en güçlü adamıydı. Tam bir gün bir gece, dirsekleri masanın üstündeki tebeşir çizgisine dayalı, bilekleri dimdik, elleri birbirlerinin elini kavramış halde, mücadele etmişlerdi. İkisi de ötekinin bileğini kıvırıp kolunu masanın üstüne yatırmaya çalışıyordu. Millet birbiriyle bahse girmişti. Lüks lambasının altında, içeri girip çıkan insanların ortasında zencinin eline, koluna ve yüzüne bakıyordu. İlk sekiz saat geçtikten sonra uyumalarına olanak vermek için nöbetle her dört saatte bir hakem değiştirmeye başlamışlardı. İkisinin de tırnaklarının diplerinden kan sızmaya başlamıştı; birbirlerinin gözünün içine, ellerine, kollarına bakıyorlardı. Bahse tutuşanlar girip çıkıyor, duvar dibine sıralanmış yüksek sandalyelere oturarak onları seyrediyordu. Lüksün ışığı, parlak bir maviye boyanmış tahta kaplı duvarlar üzerinde gölgeler oynatıyordu. Hele rüzgâr lambayı salladıkça zencinin o kocaman gölgesi bir o yana bir bu yana gidip geliyordu.

Bütün gece denge bir onun, bir ötekinin lehine değişip durdu. Zenciye bir ara bir kadeh rom vermişler, ağzına bir sigara tutuşturmuşlardı. O zaman içkinin etkisiyle olacak, korkunç bir güç harcayarak ihtiyarın, –kuşkusuz o zaman ihtiyar değil yalnızca Santiago *El Campeon*'du[13]– kolunu yine eski seviyesine yükseltmekte güçlük çekmemişti. O zaman çok iyi bir atlet olan zenciyi altedeceğini anlayıvermişti. Ve şafak sökerken bahse girenler berabere kaldıklarına karar verilmesini isteyip hakemlerle tartışırken, bütün gücüyle zencinin koluna abanmaya, yavaş yavaş masaya doğru indirmeye başlamıştı. Pazar sabahı başlayan maç böylece pazartesi sabahı sona ermişti. Havana Kömür Kumpanyasında ve doklarda şeker boşaltma işinde işbaşı saati yaklaştığından, bahse girenlerin çoğu berabere ilan edilmelerini istemişlerdi. Yoksa kimse yarışın sonu gelmeden bırakıp gitmek istemiyordu. Fakat herkes işinin gücünün başına gitmeden önce o temizleyivermişti herifi.

---

13) campeon: şampiyon. (y.n.)

71

Bu olaydan çok sonraları bile herkes onu Şampiyon diye çağırmış ve baharda bir rövanş maçı yapmışlardı. Fakat bu seferki iddialarda fazla para dönmemiş, ilk maçta Cienfuegos'lu zencinin kendine olan güvenini kırmış olduğundan bu maçı da kolayca kazanıvermişti. Bundan sonra bir-iki maç daha yapmıştı, hepsi o kadar. İstediği zaman önüne çıkanı yenebileceğine aklı yatmıştı. Ama balığa çıktığı zaman bunun sağ eline zarar verdiğini fark ediyordu. Bunun üzerine sol eliyle bir-iki deneme maçı yapmaya karar verdi. Fakat sol eli her zaman ona kalleşlik etmiş, istediği şeyi yapmamıştı; bu yüzden ona hiç güvenemezdi.

"Güneş şimdi iyice ısıtır" diye düşündü. "Gece kötü bir ayaz çıkıp üşümezse bir daha da tutulmaz. Bu gece neler gelecek başımıza bakalım."

Başının üstünde bir uçak, çok yukarılardan Miami yönünde uzaklaştı; denize düşen gölgesi bir uçanbalık sürüsünü ürkütmüştü.

"Bu kadar balığın ardında bir yunus olmalı muhakkak" diye söylendi. Bir yandan da arkasına abanıp oltayı çekerek, biraz içeri almanın mümkün olup olmadığını yokluyordu. Fakat ipi bir santim bile çekemeden bir süre, üstündeki su damlalarını silke silke gergin durumda tuttu. Kayık bidüziye ilerliyordu. Uçak gözden kaybolana kadar peşinden baktı.

"Uçmak bir tuhaf olmalı" diye düşünüyordu. "O kadar yüksekten deniz nasıl görünür acaba? Yukarıdan balıkların nerede olduğunu görmeyi çok isterdim. Kaplumbağa gemilerinde pruva direğinde vardiyadayken, suyun altı nasıl görünüyordu. Oradan bakınca yunuslar daha yeşil renkliymiş gibi geliyor; hatta üzerlerindeki çizgiler, benekler bile belli oluyor, bütün sürüyü görüyor insan. Acaba neden akıntıda dolaşan, hızlı yüzen balıkların sırtı mor mor olur? Yunuslar aslında sarımsı olduklarından yeşil renkli görünüyorlar. Karınları acıktı mı, iki yanındaki o palamutunkine benzeyen eflatun çizgiler besbelli olur. Açlıktan mı, kızgınlıktan mı, yoksa çok hızlı yüzdüklerinden mi rengi böyle değişir acaba?"

Gece iyice basmadan az önce, Sargosso sazlığında, denizin sarı örtüsünün altında bir şeylerin âşıkdaşlık edercesine kabardığı yerden geçerken,

73

küçük oltaya bir yunus takıldı. Balığın vurduğunu ilk kez suyun üstünde zıpladığı zaman fark etmişti. Akşamın son ışıkları altında som altın gibi parıl parıl yanıyor, vahşi çırpınışlarla sarsılıyordu. Korku ve telaşla havada yeniden akrobasiye başladı; ihtiyar balıkçı omzundaki oltayı sağ eliyle tutarak sol eliyle yunusu içeri çekmeye başladı. Her çekişinde çıplak ayağıyla ipin üstüne basıyor, sonra bir kulaç daha ileriden tutup çekiyordu. Balık kıça yaklaştıkça sağa sola çırpınıyor, debelenip duruyordu. İhtiyar, küpeşteden sarkarak eflatun lekeleriyle pırıl pırıl yanan hayvanı tutup içeri aldı. Sık sık açılıp kapanan ağzıyla boğazına takılan zokayı ısırmaya çalışıyor, upuzun gövdesiyle kıvrıla kıvrıla teknenin dibinde debeleniyordu. Sopayla başına vurup hareketsiz bırakana kadar da çırpındı durdu.

Yaşlı adam balığın ağzındaki zokayı çıkardı, yeniden yemleyerek tekrar suya bıraktı. Sonra yavaş yavaş eski yerine, pruvaya döndü. Sol elini denize sokup yıkadı, kurutmak için pantolonunun paçasına sildi. Sağ omzundaki ağır ipi sola aktararak bu sefer de sağ elini yıkadı. Güneşin oltanın eğrisi düzeyinde hızla gözden kayboluşunu seyrediyordu.

74

"Mübarek hâlâ eskisi gibi" diye söylendi. Fakat denize soktuğu eliyle teknenin gittikçe yavaşladığını hissediyordu.

"İki küreği birden siya[14] edersem gece biraz daha yavaşlatabilirim. Bu gece de dayanacağa benziyor. Ben de dayanırım."

"Kanının içeride kalması için balığı biraz sonra temizlemek daha iyi olacak" diye düşündü. "Böyle yapmalı. Kürekleri siya ettikten sonra onu da yaparız. Şimdilik hayvanı ürkütmemeli. Gurup vakti kızdırmaya gelmez. Bu vakitler bütün balıklar için güçtür, bir tuhaf olurlar."

Sudaki elini çekerek rüzgâra karşı kuruttu. Sonra oltanın ipini bu eline alarak iyice arkasına yaslandı; bu durumda balığın ağırlığının yarısından fazlası arka tahtasının üstüne biniyor, böylelikle biraz olsun rahatlıyordu.

"Bu işin nasıl idare edileceğini de öğrenmeye başladık" diye düşündü. "Hiç olmazsa bir kısmını." Sonra sabahtan beri bir lokma yemediğini anımsadı, koca vücut beslenmek isterdi. "Ama bonito'nun tamamını yedim. Yarın da yunusu yerim." Yunusa *dorado* diyordu. "Ya da

---

14) siya: sandalda kürekleri tersine çekme, baştan kıça doğru kullanarak sandalı yürütme. (y.n.)

en iyisi bir kısmını temizler temizlemez yemeli. Bu bonito'yu çiğnemekten daha zor ya, dünyada kolay olan iş var mı?"

Yüksek sesle, "Balık, keyfin nasıl?" diye söylendi. "Beni sorarsan demir gibiyim. Sol elimin tutukluğu da açıldı. Bir gün bir gece yetecek yiyecek de hazır. Çek çekebildiğin kadar be."

Gerçekte kendini pek o kadar iyi hissetmiyordu; çünkü omzundaki olta ipinin verdiği acı hemen hemen geçmiş, yerini güvenemediği, hoşuna gitmeyen uyuşmayı andırır bir hisse bırakmıştı. "Bu da ne ki, ben daha kötülerine göğüs germiş adamım, elimdeki kramp da geçti; bacaklarım aslan gibi, yiyecek konusunda da ondan üstünüm."

Ekimde güneşin batışıyla birlikte ortalık birden karardığı için doğa simsiyah kesilmişti. Pruvanın eski tahtalarına dayanarak olabildiğince dinlenmeye çalıştı. İlk yıldızlar yanmıştı. Rigel yıldızının adını bilmezdi ama birbirlerini uzaktan tanıyan iki eski dost gibiydiler.

"Balık da dostum oldu" diye yüksek sesle mırıldandı. "Böyle balık ne gördüm, ne de duydum doğrusu. Ne olursa olsun onu öldürmek

zorundayım. Yıldızları öldürmeye kalkmadığı-
mıza iyi ediyoruz; ya bir de onu yapsaydık!"

"Ya bir de her gün ay'ı öldürmeye çalışsay-
dık?" diye düşündü. "O zaman ay kaçardı. Fakat
ya her gün güneşi öldürmek gerekseydi? Şanslı
adamlarız vesselam!"

Sonra yiyecek bir şeyi olmayan zavallı balığa
acımaya başladı; ama bu duygu onun öldürme
kararını zerre kadar sarsmıyordu. "Kimbilir kaç
kişinin karnını doyuracak" diye düşündü. "Aca-
ba onu yemeye layık mıdırlar? Hayır, ne müna-
sebet. Bu ağırbaşlılığa, tavırlarındaki bu soylu-
luğa bakılırsa onu yemeye layık kimse yok."

"Benim bunlara aklım ermez" diye düşündü.
"Ne var ki güneşi, yıldızları, ayı öldürmeye kalk-
madığımıza iyi ediyoruz. Denizlere çıkıp gerçek
kardeşliklerimizi öldürmek yetiyor bize.

Şimdi yedeğe alma meselesini düşünmeli-
yim. Bunun hem yararı, hem de zararı var. İpi
çok açarsam, ansızın atlayacak olursa elden ka-
çırıveririz. Kürekleri siya etmekle kayığın yükü-
nü ağırlaştırmış oluyoruz. Eski hafifliği ikimizin
de çilesini uzatmaktan başka işe yaramıyordu.
Mübarek yorulacağa benzemediğinden benim

için bu türlüsü daha hayırlı. Neyse, bunlara boş verip, bizim yunustan bir-iki lokma yemeli.

Şimdi bir saat kadar dinleneceğim; arkaya gidip ne yapacağıma karar vermeden önce oltanın durumunu iyice bir yoklamalı. Bu arada bizimkinde bir değişiklik olursa ona göre hareket ederiz. Benim kürek numarası iyi oldu; ama ne var ki bunu önceden düşünmeliydik, olmadı. Mübarek hâlâ eskisi gibi. Zokanın ağzının bir kenarına takıldığını fark etmiştim, ağzı da sıkı sıkıya kapalıydı. Zoka ona vız gelir. Asıl koyan açlıktır ona; bir şey yiyip yutamamanın verdiği azap. Başına anlayamadığı, bir türlü aklının ermediği bir şey geldiğini sezinliyordur. İşte bu onu deli ediyor. Koca herif, dinlen bakalım sen biraz, sıra sana gelene kadar bırak balık çabalasın dursun, elinden ne gelirse."

Tahminine göre iki saat kadar dinlenmişti. Ay daha çıkmamış olduğundan zamanı ölçecek bir şeyi yoktu. Gerçekte bu tam bir dinlenme de olmamıştı. Oltanın ağırlığı hâlâ omzundan bastırıyordu. Sol elini teknenin başına dayayıp ağırlığın birazını daha sandala aktardı.

"İpi gerebilseydim mesele yoktu" diye düşündü. "Ama o zaman hafif bir hamleyle bile oltayı koparabilirdi. En iyisi ipe vücudumu destek edip, fırsatı yakalar yakalamaz iki elimle birden asılmak için hazır olmak."

Yüksek sesle, "Daha uyumadın ihtiyar" diye söylendi. "Bir gün bir gece, bir gün daha geçti sen bir kez olsun gözünü kırpmadın. Azgınlığı tutmazsa bir yolunu bulup biraz kestirmelisin. Uyuyamazsan kafanın içi temiz kalıp işleyemez."

"Aklım pekâlâ doğru dürüst işliyor" diye düşündü. "Kafamın içi berrak. Ama yine uyumak gerek bir lokma. Herkes uyur; güneş uyur, ay uyur, hatta akıntının azaldığı, rüzgârın durduğu günler deniz bile uyur."

"Uyumaya çalış" diye kendi kendine nasihat etti. "Kendini zorla, oltayı idare edecek bir şey uyduruver. Şimdi yunusu temizle.

Yalnız uyuyacak olursam kürekleri bu durumda bırakmak tehlikelidir ha."

"Uyumasam da olur canım" diye söylendi. "Ama bu da tehlikeli."

Oltayı sarsmamaya dikkat ederek dizleri üstünde sürüne sürüne kıça doğru ilerledi. "Belki

balık da yarı uyur durumdadır" diye düşünü-
yordu. "Ama onun dinlenmesi işime gelmez.
Ölünceye kadar çekmeli."

Kıça varınca döndü; bu durumda omzunda-
ki ipi sol eliyle tutuyordu. Boşta kalan sağ eliy-
le bıçağını çıkardı. Yıldızların parıltısı altında
balığı rahatça görebiliyordu; bıçağının ucunu
başına saplayarak önüne doğru çekti. Bir aya-
ğıyla üstüne basarak karnını yardı. Sonra bıçağı
bırakarak elini sokup iç takımlarını dışarı çıkar-
dı. Avcu vıcık vıcık kaygan bir şeyle dolmuştu.
Elini açtı; kursağında yeni yutulmuş iki uçan-
balık vardı. Daha taptaze, sanki diri olan bu iki
balığı ayırıp, öteki artıkları küpeştenin üstün-
den aşırıp suya bıraktı; yaldızlı bir iz bırakarak
gözden kayboldular. Balığın vücudu buz gibi
katılaşmıştı. Ayağıyla başına basarak, yıldızla-
rın ışığı altında beyazımsı gri bir görünüm alan
vücudun bir yanağını soymaya başladı. Sonra
öteki tarafını temizledi. Etli yerlerini keserek
ayırdı, artıkları denize fırlattı.

Arkasından bakarak suların karışıp karış-
mayacağına dikkat etti. Fakat yavaş yavaş suya
gömülüşün meydana getirdiği hafif halkalardan
başka bir şey göremedi. Sonra eski yerine dö-

nerek uçanbalıkları yunustan kestiği filetoların içine yerleştirdi. Bıçağını kınına soktu. Yavaşça pruvadaki yerine döndü. Omzundaki oltanın ağırlığıyla iki büklüm olmuştu, yemek için hazırladığı filetoları da sağ elinde tutuyordu.

Pruvaya varınca uçanbalıklarla, yunusun etini tahtanın üstüne bıraktı. Ardından oltayı, omzunun başka bir yerine yerleştirerek ipi sol eline aldı. Sonra küpeştenin üstünden sarkarak uçanbalıkları denizde yıkadı. Suyun eline çarpışı aynı hızla sürüyordu. Elleri balıktan fosforlanmıştı; suyun küçücük dalgacıklarla eline çarpışını seyretti bir süre. Akıntı biraz daha hafiflemişti. Elinin tersini borda tahtalarına sürtüp temizlemeye çalışırken, suların oynayışına kapılan küçük küçük parçalar geride kalıyordu.

"Ya yoruldu ya da dinleniyor" diye söylendi. "Şimdi şu balığı yiyip biraz kestirmeye, dinlenmeye çalışmalıyım."

Yıldızların altında hava gittikçe soğurken yunustan kestiği filetolardan birisinin yarısını uçanbalıkla beraber yiyip bitirmişti.

"Yunus etinin pişmişi yenir hani" diye söyleniyordu. "Çiği hiç çekilmiyor. Bir daha tuz, limon almadan yola çıkmam."

"Düşünceli davranıp da sabahleyin biraz deniz suyu alsaydım içeri, şimdi çoktan kurumuş, geriye bir avuç tuz kalmış olurdu" diye düşündü. "Ama yunusu gün batarken tutabildik. Bereket versin midem falan bulanmadı."

Gökyüzü doğudan bu yana bulutlanmaya, yıldızlar birbiri ardından gözden kaybolmaya başlamıştı. Rüzgâr durmuştu, bulutlar birikiyordu.

"İki güne kadar hava bozacak" diye söylendi. "Ama yarın da öbür gün de bir şey yok. Balık yola gelmişken, sen biraz kestirmeye çalış ihtiyar."

İpi sağ eliyle tutuyor, bütün ağırlığıyla pruva tahtasına abanırken, elini kalçasına dayayıp yükünü hafifletmeye çalışıyordu. Sonra oltanın ipini omzundan aşağı alarak sol eline de doladı.

"Sağ elim böyle kaldıkça onu aynı durumda tutabilirim" diye düşündü. "Uykumda gevşeyecek olursa, ip açılırken sol elim beni uyandırır. Sağa pek fazla yükleniyoruz ya, bu kadarcık şeye alışıktır o. Yarım saat, hatta yirmi dakikacık uyusam yeter." Bütün vücuduyla olta ipinin baskısını duyacak biçimde ileri doğru uzandı;

vücudunun bütün ağırlığını sağ eline vererek, uyuyakaldı.

Düşünde aslanları görmüyordu. Onların yerine sekiz on mil genişliğinde bir yunus sürüsü gördü. Tam çiftleşme mevsiminde hayvanlar coşkuyla yukarı fırlıyor, sonra aynı hızla, az önce açtıkları delik kapanmadan gene aynı noktada gözden kayboluyorlardı.

Sonra kendini köyde yatağına uzanmış buldu. Şiddetli bir poyrazla donmuş, vücudu buz kesilmişti. Yastık yerine kıvırıp başının altına aldığı sağ kolu kütük gibi uyuşup kalmıştı.

Derken uzun sarı kumsalların ve alacakaranlıkta suya inen ilk aslanların düşünü görmeye başladı. Arkadan başka aslanlar da sökün etti; o, geminin baş tarafında zincirin denize indiği yerin hemen üstünde, çenesini küpeşteye dayamış, aslanları, onların gittikçe çoğalışını seyrediyordu. Mutluydu.

Ay yükseleli çok olmuştu; yaşlı adam hâlâ uyuyor, balık hep aynı biçimde yüzüyordu. Kayığı da peşinden sürükleyerek bir bulut tünelinin içine daldılar.

Yüzüne çarpan yumruğunun acısıyla uyandı. Oltanın sağ eline dolanan ipi bir tutam alev olmuş yanıyordu. Sol elinde hiçbir duygu yoktu ama sıkılı avcunu açmasıyla birlikte ipin su gibi akmaya başlaması bir oldu. Sol elini güçlükle uzatıp ipi tekrar yakaladı ama bu kez de sol eli yanmaya başlamıştı. O müthiş ağırlığın altında ipin etine geçtiğini hissediyordu. Başını çevirip yedekteki makaralara bir göz attı; hızla boşalıyordu. Tam o sırada balık etrafına sular sıçratarak havaya fırlayıp, büyük bir gürültüyle tekrar düştü. Arkasından bir daha, bir daha zıpladı. Oltanın ipi sürekli açıldığı halde, kayığın hızı azalmamış, tam tersine artmıştı. Bu arada yaşlı adam ipi tutuyor, var gücüyle asılıp geriyor, bırakıyor; sonra yeniden asılıyordu. Bu hareketlerin sarsıntısıyla pruva tahtalarına kapanmış, yüzü yunustan kestiği dilimlere yapışmıştı.

"Hep bunu bekliyorduk" diye düşündü. "Şimdi yüzümüzün akıyla çıkalım içinden."

"Öteki iplerin acısını çıkarmalı" diye geçirdi aklından. "Buncağıza ödetmeliyim hepsini."

Balığın sıçrayışlarını göremediği halde, okyanusun sularına düşerken çıkardığı gürültüyü ve sıçrattığı suların sesini duyuyordu. Hızla akan ip elini fena halde kesiyordu; fakat bunun olağan şeylerden olduğunu bildiğinden ipi, olabildiğince elinin nasırlı yerlerine denk getiriyor ya da parmaklarına değdirmemeye çalışıyordu.

"Çocuk yanımda olsaydı makaraları ıslatırdı" diye düşündü. "Evet... Çocuk burada olsaydı... Çocuk burada olsaydı..."

Makaralar açıldı, açıldı; şimdi gittikçe yavaşlıyor, balıkçı da her santimi zorla bırakıyordu. Başını, üstüne kapandığı tahtadan vıcık vıcık suratına yapışan etlerin üstünden kaldırdı. Önce dizleri üstünde yükseldi, sonra yavaş yavaş ayağa kalktı. Elindeki ipi her an biraz daha yavaşlatarak bırakıyordu. Güçlükle arkaya doğru gidip, karanlıkta seçemediği makaraları ayağıyla yoklayabilecek bir yerde durdu. Daha dünya kadar ip vardı makarada.

"Evet" diye düşündü. "Şimdiye kadar bir hayli sıçrayıp karnını iyice hava ile doldurdu. Bir daha çıkaramayacağım kadar derinlere inemez. Birazdan dönmeye başlayacaktır. O zaman işini bitirmeli. Birdenbire ne oldu böyle aklım ermiyor. Açlıktan mı telaşlandı, yoksa karanlıkta bir şeyden mi ürktü? Belki de korkmuştur. Fakat ne kadar sakin ve güçlü görünüyordu; hiçbir şeyden korkmayan, kendine güvenen bir hali vardı. Tuhaf."

"Sen de cesaretini toplayıp, kendine güvenmelisin ihtiyar" diye söylendi. "Yine ipe asılıyorsun ama çekemeyeceksin. Bekle, neredeyse dönmeye başlayacak."

Yaşlı adam ipi sol eliyle ve omzunda tutarak denize sarktı, öteki eliyle aldığı suları yüzüne çarparak ezik etleri temizledi. Bu durumda daha fazla kalırsa midesi bulanabilirdi. "Kusarsam, gücümü yitiririm" diye düşündü. Yüzünü temizledikten sonra, sağ elini de yıkadı. Sonra şafak sökmeden önceki ilk ışıkları seyrederek elini öylece, tuzlu suda tuttu. Şimdi tam doğu yönünü tutmuşlardı. Bu, balığın yorulup akıntıyı izlemeye başladığına işaretti. Çok geçmeden dönmeye başlayacaktı besbelli. "O zaman bizim işimiz de başlayacak" diye düşündü.

Tuzlu suda yeter derecede kaldığına karar verdiği elini çıkarıp uzun uzun inceledi.

"Pek fena değil" diye söylendi. "Zaten bu kadarcık acı adama ne yapar?"

Oltayı elindeki yarıklardan birine gelmeyecek biçimde kavrayarak, ağırlığı öteki yana aktardı; böylece boşta kalan sol elini suya sokabilecekti.

Sol eline, "Hani pek işe yaramazlık etmedin" diye takıldı. "Bir ara umudu kesmiştim senden."

"Niye iki elim de aynı derecede kuvvetli doğmadım ki?" diye düşündü. "Belki onu yeter derecede geliştiremediğim için asıl suçlu benim. Fakat Allah bilir ya, öğrenecek fırsatlar hiç eksik olmadı. Gece pek vefasızlık etti sayılmaz. Bir defacık uyuşup kaldı o kadar. Bir daha uyuşacak olursa bırakırım olduğu gibi, ne hali varsa görsün. İsterse ip kesip alsın."

Bunları düşünürken kafasının pek yerinde olmadığını biliyordu; yunustan birkaç parça daha çiğnemeye karar verdi. "Ama olmaz ki" diye kendi kendine söylendi. "Mide bulantısından bitkin düşeceğime kafam pek dinç olmasın daha iyi. Hem biliyorum yersem çıkarırım, bir daha ağzıma koyamam o nesneleri. İşler iyice bozulana kadar, yedekte saklarım. Hem bir lokma yiyecekten medet ummanın zamanı çoktan geçti. Aptallık ediyorsun. Öteki uçanbalığı yesene."

Temizlemiş, bir kenara bırakmıştı; sol eliyle uzanıp aldı. Sonra dikkatle, yavaş yavaş çiğneyerek hepsini yedi.

"Balıkların tümünden daha besleyicidir bu" diye düşünüyordu. "Hiç olmazsa bana yetecek gücü sağlar ya. Böylece elimden gelen her şeyi yapıp bitirmiş oluyorum. Bir dönmeye başlarsa, seyret ondan sonra sen savaşı."

Denize açıldığından beri güneş üçüncü kez yükselmeye başlarken, balık dönmeye, kayığın çevresinde daireler çizmeye başladı.

Önce ipin eğrisinden balığın döndüğünü hemen anlayamamıştı ama umduğundan erkendi. İpte hafif bir gevşeme hissetmişti, sağ eliyle usul usul çekmeye başladı. Her zaman olduğu gibi önce gerilmiş, fakat koptu kopacak bir durumdayken birden gelmeye başlamıştı. İpi omzundan aşırarak hızla çekmeye koyuldu. İki elini birden uyumlu bir biçimde yaylandırarak vücudu ve ayaklarıyla mümkün olduğu kadar ip çekiyordu. Kendi gibi yaşlı kolları ve omuzları da ellerinin hareketine uyarak aynı biçimde yaylanıyordu.

"Oldukça büyük bir daire çizecek" diye söylendi. "Ama dönmeye başladı ya!"

Bir ara ip artık gelmez oldu; güneşin ilk ışıkları altında üzerindeki suları sıçratmaya devam etti. Sonra yeniden elinden kaymaya koyuldu; yaşlı adam diz çökmüş, gönülsüz gönülsüz çektiği iplerin yeniden karanlık sularda kayboluşunu seyrediyordu.

"Şimdi çemberin en uzak noktasını dönüyor" diye söylendi. "Elimden geldiği kadar sıkı tutmalıyım. Her dönüşte çember biraz daha küçülüp daralacak. Kimbilir bir saate kalmaz, onunla karşı karşıya oluruz. Şimdi kendisini öldürebileceğime inandırmalıyım onu."

Balık yavaş yavaş dönmeyi sürdürüyordu. Yaşlı adam terden sırsıklam olmuş, iki saat içinde ölesiye yorulmuştu. Fakat daireler şimdi biraz daha ufalmıştı. Bir ara ipin eğrisinden balığın da yüzeye çıktığını anladı.

Bir saatten beri yaşlı adam gözlerinin önünde siyah benekler görüyor; alnından sızan tuzlu terler, gözlerini yakıyordu. Bu kara beneklerden korkmuyordu. İpi gererken harcadığı gücün sonucuydu bunlar. Buna karşın iki kez bayılacak gibi olmuştu. Başı dönüp gözleri kararmıştı. İşte asıl canını sıkan, onu korkutan bunlardı.

"Kendimi kaybedip balıkla birlikte ölmenin sırası mı" diye söylendi. "Şimdiye kadar çok iyi idare ettik. Allahım sen bana kuvvet ver. Tam yüz tane Meryem Ana, yüz tane Babamıza adıyorum. Ama şimdi söyleyemem bu duaları.

Şimdi söyleyemem ama uygun bir zamanda teker teker okurum hepsini de."

Tam bu sırada, iki eliyle asılmakta olduğu ipte ani bir zorlama sezinledi. Keskin, sert, ağır bir titreşimdi bu.

"İpi burnuyla zorluyor olmalı" diye düşündü. "Bunun böyle olacağı belliydi. Başka çaresi yoktu zaten. Canını yakıp sıçramasına yol açar bu ama ben yine dönmesini yeğ tutardım. Zıpladıkça iğnenin takıldığı yer biraz daha büyüyüp yırtılacak. O zaman iğneden kurtulması ihtimali de var."

"Zıplama balık" diye söylendi. "Zıplama e mi!"

Balık birkaç kez ipe asıldı ve her seferinde de ihtiyar balıkçı başını sallayarak, tuttuğu oltayı biraz daha kastı.

"Acısı neredeyse orada kalmalı" diye düşünüyordu. "Benimkinin önemi yok. Ben kendimi idare ederim. Fakat onun acısı, aklını başından almalı."

Bir süre sonra balık oltayı çekmekten vazgeçip yeniden dönmeye başladı. İhtiyar da fırsattan yararlanıp ipi çekmeye koyulmuştu. Birden yine bayılacak gibi oldu. Sol eliyle bir avuç tuzlu su alarak başına, alnına sürdü. Sonra boynunu, ensesini ovuşturdu.

"Krampın sırası değil" diye mırıldanıyordu. "Balığın da fazla ömrü kalmadı, biraz daha dişimi sıkmalıyım. Böyle şeyleri aklımdan bile geçirmemeliyim."

Bir süre kıç aynasına dayanarak diz çöktü. Oltanın ipini yeniden sırtına almıştı. "O dönerken ben şuracıkta biraz dinleneyim; sonra kalkıp var gücümle asılıveririm" diye kararlaştırdı.

Böyle kıçta oturup ipten bir karış bile çekememek, balığın böyle kendi kendine dönüp durması adama dokunuyordu. Olta ipinin gevşemesinden balığın yaklaşmakta olduğunu anlayınca ayağa kalktı ve yaylana yaylana ipi çekmeye başladı.

"Adamakıllı yoruldum" diye düşündü. "Mevsim rüzgârları da başlamak üzere. Fakat bunca didinmeden sonra onu ele geçirmek zevkli olacak. Ona öyle ihtiyacım var ki.

Çemberin öteki ucuna giderken biraz daha dinlenirim. O zaman daha iyi olur. İki kez daha döndükten sonra elimde demektir."

Hasır şapkası iyice başının arkasına kaykılmış durumda kıça çökmüş, balığın dönüşünü izliyordu.

"Sen uğraş dur balık" diye düşündü. "Nasıl olsa elimdesin."

Deniz yavaş yavaş dalgalanmaya başladığı halde rüzgâr sertleşmemiş, oldukça hafiften esiyordu. Bunun dönüş için ne büyük yararı olacağını düşündü.

"Dosdoğru güneybatıya yönelirim" diye söyleniyordu. "Denizde kimse kaybolmaz. Hem upuzun bir adadır bizimki."

Üçüncü dönüşte balığı ilk kez gördü.

Onu kayığın altından geçen kapkara, upuzun bir gölge olarak izlerken, gözlerine inanamadı.

"Olamaz" diye söylendi. "Hayır, bu kadar uzun, bu kadar büyük olamaz."

Oysa, gerçekti gördüğü. Dönüşünü tamamlayıp dokuz-on metre ileride suyun üstüne çıkınca, yaşlı adam yukarı doğru sipsivri yükselen kuyruğunu da gördü. Büyük bir tırpandan daha uzundu ve koyu lacivert suların üstünde tatlı eflatun rengi parıl parıldı. Balık yeniden sulara gömülürken bu sivri tırpan arkaya doğru eğildi; ihtiyar balıkçı birkaç kulaç aşağıdaki bu muazzam yaratığı, karnını çevreleyen morumsu çizgilere varıncaya değin, bütün görkemiyle görebiliyordu. Sırt yüzgeçleri kısılmış, göğsündekiler alabildiğine gerilip, yayılmıştı.

Balığın çizdiği bu son dairede yaşlı adam onun gözlerini ve hemen yanı başında yüzen *ramore* dedikleri iki emici asalak balığı da gördü. Bunlar arasıra iyice yanaşıp kılıca yapışıveriyorlar ya da geride kalıyorlardı. En aşağı birer metre uzunluğunda olan bu balıklar, hızlı yüzmeye başladıkları zaman ok gibi gidiyorlardı.

Yaşlı adamı terleten şimdi güneşten başka bir şey daha vardı. Balığın her dönüşünde oltayı biraz daha topluyor ve az sonra zıpkını saplayacak kadar yakına çekebileceğinden emin bulunuyordu.

"Ona iyice, iyice yaklaşmam gerek" diye söylendi. "Başını değil, doğruca kalbini delmeye çalışmalıyım."

"Kendini topla, sakin ol be ihtiyar" diye söylendi.

Bunu izleyen dönüşte balığın sırtı iyice sudan çıktığı halde, yine oldukça uzak kalmıştı. Oltayı biraz daha toplarsa balığı yanı başına kadar çekebileceğini biliyordu.

Zıpkını çok önce ucu küpeşteye takılı bir yumak sağlam ipe bağlayıp hazırlamıştı.

Balık, fiyakalı görünüşü, sakin haliyle, yalnız kuyruğunu oynatarak dönüşünü tamamlıyordu. Yaşlı adam iplere biraz şiddetle asılıp onu daha yakına çekmeye çalıştı. Bir ara balık yan yatar gibi oldu. Sonra yeniden doğrularak bir daire daha çizmeye koyuldu.

"Onu ben devirdim" diye söylendi yaşlı adam. "Onu yerinden oynattım."

Kendini yine bayılacak gibi hissettiyse de var gücüyle çekmeye devam ediyordu. "Onu ben devirdim" diye düşündü. "Belki bu kez altederim. Çekin ellerim, asılın! Direnin ayaklarım! Benim için dayan başım! Benim için dişinizi sıkıverin. Şimdiye dek beni yarı yolda komadınız. Bakın bu sefer bitireceğim işini."

Bütün gücünü toplayıp, hazırlanmıştı, fakat balık bir yolunu bulup elinin yetişemeyeceği kadar uzaktan geçiverdi.

"Balık" diye söylendi yaşlı adam. "Balık, nasıl olsa öleceksin. Beni de beraberinde mi götürmek istiyorsun?"

"Bu gidişle bir şey çıkmaz" diye düşündü. Ağzı konuşamayacak denli kurumuştu; fakat başaltında duran testiye uzanamıyordu. "Bu kez iyice çekmeliyim" diye geçirdi aklından. "Daha fazla dayanabileceğimi pek sanmıyorum."

"Ne diye dayanamayacakmışım be!" diye kendi kendine çıkıştı. "Daha çok dayanırsın."

Bir sonraki daire tamamlanırken balık neredeyse eline geçiyordu. Fakat hayvan yine kendini doğrultup uzaklaşmayı başardı.

"Balık, beni öldürüyorsun balık" diye söylendi. "Ama buna hakkın yok biliyorsun. Birader açık konuşalım, senin kadar büyüğünü, senden daha güzelini ya da soylusunu, kısaca senin gibisini görmedim. Gel istersen öldür beni. Canımı al. Gücü gücü yetene, bakalım kim kimi alteder."

"Aklın yine karıştı bak" diye düşündü. "Kafanı salim tutmalısın. Kafan salim olsun ki, insan gibi dişini sıkmasını bilesin. Ya da balık gibi..."

Fısıltı gibi güç işitilir bir sesle, "Kendini topla kafam" diye mırıldandı. "Kendini topla."

Bir şey yapamadan iki dönüş daha tamamlandı.

"Anlamıyorum ki" diye düşünüyordu ihtiyar balıkçı. "Her seferinde bir yolunu buluyor.

Anlamıyorum. Ama ne olursa olsun bir daha deneyeceğim."

Bir kez daha denedi ve balığı çevirdiği sırada az kalsın kendisi de gidiyordu. Hayvan yine kendini doğrultup koca kuyruğu havada salına salına, uzaklaştı.

Yaşlı adam, "Bir daha denerim!" diye haykırdı. Elleri didik didik olmuş, hamur gibi kesilmişti.

Son deneme de aynı biçimde sonuçlandı. "Yo" diye düşündü; "ben işe girişmeden kaçtı bu sefer. Ne çıkar, bir daha gelecek nasıl olsa."

Bütün acılarına karşın dişini sıkarak; gücünden, direncinden, onurundan geri kalan ne varsa biraraya getirerek balığın inadına karşı hazırlandı. Balık hafifçe yan yatmış, uzun kılıcı sandalın bordasına sürtünürcesine geliyordu. Derin, geniş, mor mor çizgili gümüşi parıltısıyla kayığın yanından süzülmeye başladı.

Yaşlı adam oltanın ipini yere bırakarak ayağıyla üstüne bastı; sonra zıpkını kolunun yettiği kadar yukarı kaldırarak bütün gücüyle –o anda içinde yanan yeni bir enerjinin verdiği güçle– sırt yüzgecinin hemen dibinden vurdu. Sivri demirin içeri gömüldüğünü olduğu gibi hissetmişti. Sonra bir an olanca ağırlığıyla üstüne abanarak daha derine indirdi zıpkını.

İçine saplanan ölüm, balığı birden canlandırmış, tüm büyüklüğünü, tüm güzelliğini ve gücünü gösterircesine sudan yukarı fırlamıştı. Bir an kayığın üstünde asılıymış gibi kaldı. Sonra korkunç bir gürültüyle aşağı düştü. Sıçrattığı sular tekneyi ve yaşlı adamı sırılsıklam etti.

Yaşlı adamın başı dönüyor, gözleri kararıyor, bayılacak gibi oluyordu. Zıpkın yumağını düzelterek ince ipini yarık elleri arasından koyvermeye başladı; gözleri yeniden çevreyi seçmeye başlayınca, balığın biraz ileride gümüşi karnı yukarıya dönmüş olarak yüzdüğünü gördü. Zıpkın demiri balığın göğsüyle bir açı oluşturuyor ve kalbinden sızan kanlar denizin mavisini bozuyordu. Önce mavi sularda belki bir mil derinlikte siyahımsı bir sütun gibi uzandı. Sonra bir bulut gibi açılıp dağıldı. Gümüşi renkli balık sakin, dalgalara kapılmış olarak oraya buraya oynayıp duruyordu.

Yaşlı adam gözlerinin önündeki bu manzarayı dikkatle inceledi. Sonra elindeki ipi bir babaya sararak elleri üstüne kapandı.

Küpeşte tahtasına doğru, "Bir kafamı toparlayabilsem" diye söyleniyordu. "Yorgunluktan bitmiş bir ihtiyarım ben. Kardeş saydığım bu balığı öldürdüm sonunda. Bundan sonra hamallık başlıyor."

"Şimdi ilmekleri, halatları hazırlayıp beriye çekmeli" diye düşündü. "İki kişi olsak ya da bir yolunu bulup onu içeri alsam, alimallah batırıverirdi tekneyi. En iyisi onu sıkı sıkıya bağlamalı kayığa. Sonra yelken açıp ver elini köy..."

Balığı sandala doğru çekmeye başladı. İpi kulaklarının arkasından, solungaçlarından geçirip başını sıkıca bordaya bağlamak istiyordu. "Kısmetimi görmek, elimde tutup okşamak istiyorum" diye düşündü. "Servetim samanım, her şeyim bu benim." Ama okşamak istemesinin asıl nedeni bu değildi. "Kalbini duydum gibi geldi; ikinci kez zıpkını daldırdığım zaman... İyice çektikten sonra bir ilmekle kuyruğundan da bağlamalı; bir de tam orta yerinden sıkıca sardım mı, tamamdır."

"Haydi işe başla bakalım, moruk" diye söylendi. Bir yudum su aldı ağzına. "Savaş bitti artık. Şimdi yapılacak öyle hamallık iş var ki."

Gözlerini kaldırıp yukarı, gökyüzüne baktı, sonra tuttuğu balığa çevirdi. Güneşi de bir güzel inceledi. "Öğleyi pek geçmemiş daha" diye düşündü. "Mevsim rüzgârı da başlamak üzere. Oltaların önemi yok. Sırası değil şimdi. Eve varınca çocukla birlikte açar, toplarız."

"Haydi gel bakalım, balık" diye söylendi. Fakat balık gelmedi. Daha doğrusu tekne bu alamet balığın yanına gitti.

Yanına varıp balığın başını teknenin bordasına bağlarken bile büyüklüğüne inanamıyordu. Zıpkının ipini çözdükten sonra ucunu solungaçların altından geçirip ağzından çıkardı. Sonra kılıcına bir ilmek bağlayarak, öteki kulağının içinden başına doladı ve küpeşte kenarındaki babalara bağladı. İpi keserek kuyruğundan da sıkı sıkı düğümledi. Balık, asıl rengi olan o açık eflatuni parlaklığı kaybetmiş, biraz daha koyulaşarak kuyruğuna doğru mor mor çizgiler ortaya çıkarmıştı. Bu çizgiler bir karıştan bile genişti. Hele o periskop aynası gibi donuk ve kocaman gözleri.

Yaşlı adam, "Onu öldürmenin başka yolu yoktu" diye düşündü. Islandığından beri kendini daha iyi, kafasını da yerli yerinde hissediyordu. Başından kuyruğuna dek bir kez daha süzdü balığı. "En aşağı, yedi-sekiz yüz kilo gelir" diye düşündü. Belki daha fazladır. Kilosunu yarım dolardan satacak olsa?

"Bunu hesaplamak için kalem kâğıt olmalı" diye söylendi. "Şimdi kafadan çıkaramam. Fakat eminim ki, haberi olsaydı ünlü DiMaggio benimle gurur duyardı. Benim topuk kemiğim sağlam ama şu ellerle sırtım yok mu, berbat." "Topuk kemiğine ne olur ki insanın" diye düşündü. "Kimbilir farkına varmadan bizimkine de bir şeyler olmuştur."

Balığı baştan pruvaya, kuyruğundan kıça, orta yerinden de oturak tahtasına iyice bağlamıştı. Bugünkü kısmeti öylesine büyüktü ki, kayığın yanında ikinci, daha büyük bir tekne çekiyormuş gibi oluyordu. Bir başka ip parçasıyla açılmasın diye balığın ağzını da bağladı. Sonra direği dikerek, yelkeni gerdi; kayık önce yavaş yavaş, sonra daha hızlı güneybatı yönünde süzülmeye başlamıştı.

Güneybatının ne yana düştüğünü belirlemek için pusulaya ne gerek vardı. Rüzgârın esişini ve yelkenin ne yandan daha iyi olduğunu saptamak yeterliydi onun için. "Küçük oltayı arkaya salıp, yiyecek bir şey tutmalı" diye düşündü. Ama çaparisi[15] yoktu yanında; yemlik sardalyeleri de buruşup kokuşmuştu. Bu yüzden kancayı uza-

15) çapari: çok iğneli balık oltası. (y.n.)

tıp çevresinde yüzen sarı Gulf yosunlarından bir demet yakalayıp içeri aldı. Demeti hafifçe silkeleyince teknenin dibine ufak karidesler saçıldı. Bir düzineye yakın ufacık saydam renkli hayvanlar pire gibi sıçrayıp duruyordu. İhtiyar başlarını kopararak ağzına atıyor, çiğniyor, iyice emiyordu. Çok etsiz, ufak olmalarına karşın pek lezzetli şeylerdi.

Yaşlı adamın testisinde iki yudumluk daha suyu kalmıştı. Karideslerin ardından bunun bir yudumunu içti. Tekne bütün elverişsizliğine karşın hızla yol alıyor; dümeni de koltuğunun altından ayırmıyordu. Oturduğu yerden balığı göremiyordu. Bütün bu olup bitenlerin bir düş değil, gerçek olduğuna inanmak için, sık sık elini uzatıp balığın vücudunu yokluyordu. Deminki büyük uğraşı sırasında, kendini çok kötü hissettiği bir sırada düş gördüğünü sanmıştı. Sonra balık sudan çıkıp da, başının üstünde, göğe asılmış gibi görününce gerçeği anlamıştı. Yine de kolay kolay inanılamayacak bir tuhaflık duygusu içindeydi.

Fakat elini uzatıp balığın sırtını okşarken, her şeyin gerçek olduğundan kuşku duymuyordu artık. "Ellerim çabucak iyileşir." diye düşündü.

"Çok kanadı ama tuzlu suda iyice pişti. Gulf'un karanlık suları şifalıdır. Benim yapacağım tek şey kafamın içini ferah tutmak olmalı. Ellerim kendilerine düşen işi tam olarak başardı, şimdi de her şey yolunda gidiyor. Ağzı bağlı, kuyruğu yukarı kalkık, nasıl da kardeş kardeş gidiyoruz." Sonra kafası yine karıştı, "O mu beni, ben mi onu götürüyorum?" diye düşündü. "Eğer ben onu yedeklemişsem mesele yok." Birbirlerine sarmaş dolaş olmuş bir şekilde yol alıyorlardı; yaşlı adam, "İsterse o beni götürüyor olsun" diye düşündü. "Ben ondan üstün ve daha oyunbaz olduğumu ispat ettim. Hem bundan sonra elinden ne gelir ki?"

Tekne olaysız yol alıyor, ihtiyar da eli suda, kafasını esen tutmaya çalışıyordu.

Yukarıda kümülüs yığınları, daha üstte sirüsler rüzgârın bütün gece süreceğini haber veriyordu. İhtiyar sık sık gerçek olup olmadığına güven getirmek için eliyle balığın sırtını okşuyordu. Karanlık basmadan bir saat önce ilk köpekbalığı vurdu.

Köpekbalığının gelişi bir rastlantı değildi. Kılıçtan akan kanların, bir mil boyunda bir sütun gibi dipe sarktığı o savaş yerinden geliyor-

102

du bu canavar. Kokuyu alır almaz o denli hızla yukarı fırlamıştı ki; hızını alamayarak havaya daldı. Tekrar suya düştükten sonra teknenin dümen suyu yönünde kokuyu izlemeye başladı.

Arasıra kokuyu kaybetse de yeniden bulmakta güçlük çekmiyor, bu kez daha büyük bir istekle ileri atılıyordu. Bu, en hızlı balıklardan daha hızlı, Mako cinsinden, çenesinden başka her yanı güzel, müthiş bir köpekbalığıydı. Sırtı kılıçbalığınınki kadar lacivert, karnı gümüşi, derisi dümdüz ve pırıl pırıldı. Şu anda göğüs yüzgeçleriyle suyu bıçak gibi yararak yüzerken, sımsıkı kapalı ağzı ve güçlü çenesi dışında bir kılıçbalığını andırıyordu. Kapalı çenesinin içindeki sekiz sıra diş, içeri doğru yatmıştı. Bunlar sıradan köpekbalığı gibi piramit biçiminde değildi.

Bir insan elinin parmakları gibi gerektiğinde pençe olur, kendi içine kapanabilirdi. Uzunlukları yaşlı adamın parmakları kadar ve iki yanı ustura gibi keskindi. Bu, denizde yaşayan bütün balıklarla beslenmek için yaratılmış, ötekilerin hepsinden kat kat üstün bir canavardı. Kan kokusu her an biraz daha yaklaştığından, o da hızını artırıyor; mavi göğüs yüzgeçleri suları biçiyordu.

Yaşlı adam onun gelişini gördüğü zaman bir köpekbalığı olduğunu anlamıştı. Hiç korkmuyor, ne yapacağını biliyordu. İpini halkalardan birine düğümlediği zıpkını eline alıp bekledi. İpin çoğunu balığı bağlamak için kullandığından zıpkına oldukça kısa bir parça kalmıştı.

Şu anda yaşlı adamın kafası sakin, kalbi cesaretle doluydu ama ne var ki pek ümidi kalmamıştı. "Yaşamak iyi şeydir" diye düşündü. Canavarın yaklaşmasını kollarken büyük kısmetine bir göz daha attı. "Her şey bir düş olabilirdi" diye aklından geçirdi. "Vurmasına, saldırmasına engel olamam ama belki ben de onu haklarım. *Dentuso*,[16] lanet olası musibet."

Köpekbalığı kıçtan doğru yanaşarak kılıcın kuyruk tarafına saldırdı. İhtiyar adam; ağzını açışını, o bir tuhaf parıldayan gözlerini görmüş ve kuyruğun yanı başından koca bir parçayı kaparken, ete geçen dişlerinin çıkardığı gıcırtılı sesi duymuştu. Başı sudan dışarı çıkmıştı, arkasından sırtı beliriyordu. Zıpkını; tam başında, gözlerinden gelen çizgilerle, burnundan gelip dosdoğru sırtına uzanan çizginin birleştiği noktaya daldırırken iki balığın birbirine sürten derisi yırtılan bir bezi andırıyordu. Gerçekte böyle

---

16) dentuso: bir cins köpekbalığı. (y.n.)

çizgiler yoktu. Sadece sipsivri, mavi kafası, kocaman kocaman gözleri ve gıcırdıyan, ezip öğüten güçlü çeneleri vardı. Deminki nokta tam altında beyninin bulunduğu yerdi. Yaşlı adam kanlı elleriyle kavradığı zıpkını bütün gücüyle buraya daldırmıştı. Bu hamleyi yaparken ümitsiz fakat tepeden tırnağa cesaret ve nefretle doluydu.

Canavar suyun içinde şöyle bir döndü; yaşlı adam cam gözlerinin ölmüş olduğunu anlamakta gecikmedi.

Balık bir daha döndü; zıpkının ipine dolanmıştı. İhtiyar onun öldüğünü biliyordu ama balık bir türlü yenilgiyi kabul etmiyordu. Sonra karnı yukarıda kuyruğunu şiddetle suya vurmaya başladı, takma motor gibi köpükler saçıyordu. Kuyruğun çırpındığı yerde deniz bembeyaz kesilmiş, bu hareketiyle vücudunun dörtte üçü dışarıya çıkmıştı. İp iyice sıkışıp, daralınca bütün vücuduyla şöyle bir titreyiverdi ve birden hareketsiz kaldı. Canavar, ihtiyarın kendisini seyreden bakışları altında bir süre kıpırtısız durdu. Sonra yavaş yavaş dibe çökmeye başladı.

"En aşağı on beş-yirmi kilo gelirdi kaptığı parça" diye yüksek sesle söylendi. "Zıpkınla ipi de götürdü mübarek. Bizim balık kanadıkça daha çok gelen olacak."

Bir yanı koparıldığından beri balığa bakmayı canı istemiyordu. Canavar balıktan o parçayı koparırken sanki kendi etinden koparılıyormuş gibi olmuştu.

"Ama balığımı vuran canavarı öldürdüm ya" diye düşündü. "Gördüğüm *dentuso*'ların en korkuncuydu mübarek. Allah biliyor ya, şimdiye dek neler gördüm ben. Ama bu dehşetti."

"Yaşamak iyi şey" diye geçirdi yine aklından. "Keşke her şey bir düş olsaydı. Balığı hiç tutmamış, yatağımda eski gazetelerin üstüne uzanmış uyuyor olsaydım."

"İnsan yenilmek için yaratılmadı" dedi dokunaklı bir sesle; "Âdemoğlu mahvolur ama yenilmez." "Ne de olsa şu balığı öldürdüğüme pişmanım" diye düşündü. "Şimdi asıl kötü taraf başladı, zıpkını da yitirdik. *Dentuso*'lar zalim mahluklardır; kuvvetli oldukları kadar hilecidirler. Ben daha zeki, daha usta olduğumu kanıtladım. Ama belki öyle değildir. Belki benim silahlarım daha etkiliydi de ondan."

"Düşünme bunları ihtiyar" diye yüksek sesle söylendi. "Sen yoluna git. Bir şey çıkacak olursa o zaman düşünürsün."

"Ama düşünmem gerek" diye kendi kendini yanıtladı. "Geriye bundan başka yapacak nem kaldı. Bir o, bir beyzbol. Acaba bizim meşhur Di-Maggio, zıpkını nasıl daldırdığımı görse ne derdi?" "Aslında pek büyük bir marifet değil" diye düşündü. "Bunu kim olsa yapardı. Ellerim bu haliyle onun topuk kemiği kadar bana engel oluyor mu? Bilmem ki. Topuğuma şimdiye dek hiçbir şey olmadı ki. Yalnız bir defa denizde yüzerken bir vatoza[17] çarpmıştım da, mübarek vurup bacağımı tekmil uyuşturmuştu. Ne acıdı, ne sancıdıydı."

"Daha başka şeyler, neşeli şeyler düşün be moruk" diye söylendi. "Her an biraz daha yaklaşıyorsun evine. Canavarın aldığı parça da yükünü hafifletti."

Akıntıdan içeri girince ne olacağını biliyordu. Fakat yapılacak bir şey yoktu ki.

Birden, "Niye olmasın!" diye bağırdı. "Küreklerden birinin ucuna çakımı bağlarım."

Dümen sopasını koltuğunun altına sıkıştırıp, yelkeni ayağıyla idare ederek düşündüğünü yaptı.

"Şimdi" diye söylendi, "ihtiyarız, moruğuz ama hiç olmazsa silahımız var elimizde."

17) vatoz: kedibalığı. (y.n.)

Rüzgâr yeniden tazelenmiş, yelken dolusu yol alıyorlardı. Balığın baş tarafına bakıyordu yalnızca; içindeki umutları birazcık olsun dirilmişti.

"Çaresizliğe kapılmak niye" diye düşündü. "Hem bu hatırı sayılır bir günahtır bence. Aklına günahı getirmenin sırası mı ya şimdi? Günahı anmadan düşünecek bunca dert var. Hem ben ondan bir şey anlamam ki.

Günahın ne olduğunu anlamam, ona pek inanmam da. Belki balık tutmak da günahtır. Geçimimi sağlamak, başkalarını doyurmak için yaptığım halde bu işin günah olduğunu sanıyorum. Ama o zaman her şey günah sayılırdı. Günahı münahı düşünmenin sırası değil şimdi. Bunun için çok geç kaldık, hem millet bununla doyuruyor karnını. Başkası düşünsün, bir ben mi kaldım aklını yoracak? Balık nasıl balık olarak yaratılıyorsa, sen de balıkçı olmak için yaratılmışsın. Ünlü DiMaggio'nun babası San Pedro da balıkçıydı."

Yanında okuyacak bir şeyi, dinleyecek radyosu olmadığından aklına gelen her şeyin üstünde durmak hoşuna gidiyor, oyalıyordu onu. Bu yüzden düşünmeye, günah üzerine aklını yormaya devam etti. "Balığı yalnızca kendini yaşatmak, pazarda satmak için öldürmedin" diye düşündü. "Biraz da gururun, balıkçılık gururun için yaptın. Balıkçısın sen. Onu canlıyken de beğeniyordun. Öldürdükten sonra da seviyorsun. Onu sevdiğine göre öldürmen hiç de günah değil. Ya da katmerli günah mı yoksa?"

Yüksek sesle, "Ee, çok düşündün, ihtiyar" diye söylendi.

"*Dentuso*'yu öldürürken çok hoşnuttun. O da senin gibi başka balıklarla geçiniyor. Hem öyle leş kargalığı etmez, öteki köpekbalıkları gibi zevk için öldürmez. Güzel, soylu ve hiçbir şeyden korkmayan, gözü pek bir hayvandır."

Yaşlı adam, "Kendimi korumak için öldürdüm ama" diye söylendi. "Hem iyi, temiz bir iş oldu.

Zaten her şey şu ya da bu biçimde başka bir şeyi öldürmekle meşgul. Mesela balıkçılık bir yandan beni geçindiriyor, bir yandan da öldürüyor. Çocuk da beni yaşatmaya çalışır. Artık kendimizi aldatmaya başladık bakıyorum da."

Kayıktan sarkıp, canavarın vurduğu yerde sallanan et parçalarından birini kopardı. Bir süre çiğneyerek etin kalitesine, lezzetine baktı. Koyun eti gibi sert, suluydu ama onun gibi kırmızı değildi. Ette liflenme durumu da olmadığından piyasada en yüksek fiyatı bulacağı kesindi. Yalnız kokusunu sudan saklamanın bir yolunu bulsaydı. Yaşlı adam birtakım kötü durumların gittikçe yaklaşmakta olduğunu biliyordu.

Rüzgâr devam ediyordu. Hafiften kuzeydoğu yönüne döndüğünden ihtiyar daha uzun süre de böyle eseceğini anlamıştı. Sürekli ufku gözlediği halde ne bir yelken, ne bir direk, ne de vapur dumanı görebiliyordu. Yalnız pruva tarafından uzanan sarı Gulf yosunlarından başka bir şey yoktu. Dahası bir kuş bile yoktu görünürlerde.

Kıçta arka tahtasına dayanıp yorgunluk çıkararak, arasıra balıktan aldığı bir parçayı çiğneyerek iki saat kadar yol aldı. İlk iki canavarın geldiğini gördüğü zaman epeyce dinlenmişti.

"Vay!" diye bağırdı yüksek sesle. Bu haykırışın anlamını kavramak olanaksızdır; belki insan, bir çivinin parmağından geçip tahtaya saplanışı sırasında böyle bir ses çıkarır.

110

"*Galanos*"[18] diye bağırdı. Birincinin hemen ardından suyun üstünde beliren ikinci yüzgeci görmüş ve bu kahverengi, üçgen biçimli yüzgeçlerden, kuyrukların salınışlarından, bunların kürek burunlu köpekbalıkları olduğunu anlamıştı. Balığın kokusunu almışlar, açlıklarının verdiği aptallık ve telaştan bazen yollarını şaşırıyor, sonra yeniden bularak izliyor, her an biraz daha yaklaşıyorlardı.

Yaşlı adam dümen sopasını sıkıştırıp, yelken skutasını gerdi. Sonra ucuna çakısını bağladığı küreği hazırlayıp bekledi. Artık acıya isyan eden elini hafifçe yukarı kaldırmıştı. Avuçlarını yavaş yavaş açıp kapayarak alıştırmaya çalıştı. Sonra parmaklarını iyice sıkıp canavarların yaklaşmasını kollamaya başladı. Geniş, yassı kürek biçimli kafalar, beyaz damarlı geniş yüzgeçler artık iyiden iyiye seçilir olmuştu. Bunlar canavar ruhlu, pis pis kokan, gözleri dönmüş birer katildi; aç kaldıkları zaman önlerine çıkan sandallara bile saldırır, küreklerini ısırmaya kalkarlardı. Kaplumbağalar suyun üstünde uyurken bacaklarını kapıp koparan, denizdeki adamlara saldıran, bunlardı. Aç kaldıkları zaman, insan

18) galanos: bir cins köpekbalığı. (y.n.)

eti balık gibi kokmadığı halde plajlardaki insanlara bile saldırırlardı.

Yaşlı adam, *"Vay"* diye söylendi. *"Galanos, gelin bakalım canavarlar. Gelin bakalım!"*

Geldiler. Fakat onların gelişi Mako'nunki gibi olmadı. Bir tanesi dönüp sandalın altına doğru gözden kayboldu. Balığa alttan saldırıp, etlerini didik didik ederken ihtiyar balıkçı teknenin sallandığını hissediyordu. Öteki ise patlak sarı gözleriyle ihtiyarın hareketlerini kolluyordu. Birden durduğu yerde yarım daire çizerek büyük bir hızla balığın kuyruk tarafına saldırdı. Boz renkli kafasında, beyninin bulunduğu yer açıkça belli oluyordu. İhtiyar balıkçı küreğin ucuna bağladığı çakısını buraya sapladı, burarak geri çekti. Ardından, kedi sarısı gözlerine daldırdı. Canavar, balığı bırakarak dibe doğru kaymaya başlamıştı; can verirken bir yandan da ağzındaki eti yutmaya çalışıyordu.

Tekne hâlâ öteki köpekbalığının kılıca saldırışlarıyla sallanıyordu. İhtiyar, yelkenin gerili ipini bıraktı; sandal birden duraklayarak yerinde döndü ve altındaki canavar ortaya çıktı. İhtiyar adam, balığı görür görmez küpeşte kenarından sarkarak küreği sapladı. Sadece vücuduna erişebildiği için sert derisinden içeri geçememişti. Bu hamle elleriyle birlikte omuzlarını da sarsıp acıtmıştı. Fakat balık, başı yukarıda tekrar suyun üstüne çıkmıştı. Bu kez yaşlı adam yuvarlak yassı kafasının tam ortasına doğru abandı. Sonra geri çekilerek aynı noktaya bir daha batırdı. Canavar hâlâ dişlerini balığın etine geçirdiği yerde asılı duruyordu. İhtiyar bu sefer de sol gözüne sapladı küreği. Gene bir şey olmamış gibi duruyordu balık.

Yaşlı adam "Ya" diye söylenerek çakıyı beyninin omurgası ile birleştiği yere daldırdı. Bıçak kolaylıkla gömülmüş, demirin kıkırdakları kırarken çıkardığı sesi bile duymuştu yaşlı adam. Bu sefer bıçağı azgın balığın iki çenesi arasına sokup peş peşe kanırttı ve canavarı yapıştığı yerden ayırdı. "Defol *galano*! Cehennemin dibine kadar. Gömül bir mil derine de aklın başına gelsin. Git, arkadaşın mıdır nedir, onun yanına git sen de."

Uçtaki çakıyı silerek, küreği bir kenara bıraktı. Sonra yelkeni tekrar gerip iyice rüzgârla doldurdu. Sandal yeniden eski rotasını bulmuştu.

Yüksek sesle, "Etinin en iyi tarafından dörtte birini götürdüler" diye söylendi. "Keşke bü-

113

tün bunlar bir düş olsaydı da, onu hiç yakalamamış olsaydım. Üzülüyorum buna be!.. Her şeyi karıştıran da bu değil mi zaten." Sustu. Balığa bakmak istemiyordu.

"Bu kadar uzağa gitmemeliydim balık" diye söylendi. "Senin için de benim için de iyi olmadı bu. Kusura bakma e mi."

"Şimdi" diye söylendi, "Çakıyı küreğe bağlayan ipleri kontrol et bakalım, kopuk mopuk var mı. Sonra ellerini bir yoluna koymaya bak, çünkü daha çok ihtiyacın olacak onlara."

İpleri gözden geçirdikten sonra "Bir biley taşım olmasını isterdim" diye sürdürdü. "Yanıma almalıydım bir tane." "Ona varana değin yanına alman gereken daha neler vardı" diye düşündü. "Ama hiçbirisini getirmedin, ihtiyar. Yapmadığın şeyleri düşünmenin sırası değil şimdi. Olacağı, becerebileceğini düşün."

"Eee, sıktın ama, sen boyuna bana akıl öğretmeye kalkıyorsun" dedi yüksek sesle.

Dümen tahtasını koltuğunun altına alarak iki elini birden suya soktu.

"Bu sonuncu ne kadar kaptı Allah bilir" diye söyleniyordu. "Çok hafifledi." Balığın altının nasıl didik didik edildiğini düşünmek istemiyordu.

Balık bu durumuyla denizdeki bütün canavarlara çağrılar gönderen geniş bir iz bırakıp gidiyordu.

"İnsanı bütün bir kış geçindirebilecek bir balıktı" diye düşündü. "Düşünme bunları şimdi. Bir lokma dinlenip, ellerini savaşa hazır duruma sok. Denizde bıraktığı koku yanında benim ellerimdeki kanın lafı mı olur? Hem çok kanamıyor ki. Önemli bir kesik yok öyle. Kanamak sol elimin yeniden tutulmasını da önler."

"Şimdi ne düşünmeli?" diye düşündü. "Hiçbir şey. Hiçbir şey düşünmeden geleceği beklemeliyim. Keşke hepsi bir düş olsaydı. Ama kimbilir? Sonu hayırlı çıkıverir bakarsın."

Az sonra tek başına dolaşan bir kürek kafalı canavar çıkageldi. Bir insan başının kolayca sığabileceği uğursuz ağzını açmış saldırıyordu. İhtiyar bıraktı, canavar dişlerini geçirdi; o zaman beyni budur diye küreği saplayıverdi. Fakat balık birdenbire geri atılmış, çakının ağzını da kırmıştı.

İhtiyar bir külçe gibi kıç tahtaları üstüne yığıldı. Canavarın gittikçe sönen son yaşam çırpınışlarıyla suyun dibine doğru süzüldüğüne bakmadı bile. Oldum olası bu manzara onu zevklendirirdi ama bu sefer başını bile çevirmedi.

"Şimdi de kancalı sopayı kullanırız" diyordu. "Ama pek işe yarayacağını sanmam. İki kürek, dümen sopası, bir de kısa kürek başı var."

"Bu kez iyice yenik düştük" diye düşündü. "Canavarları sopayla haklayacak yaşımız çoktan geçti. Ama her şeye karşın şu küçücük değnek kalana kadar savaştan kaçmak yok."

Ellerini yeniden suya sokup ıslattı. Vakit akşama hayli yaklaştığı halde, gök ve denizden başka bir şey göremiyordu. Yalnız rüzgâr biraz daha artmış olduğundan, çok geçmeden sahili tutacağını umuyordu.

"Yoruldun ihtiyar" diye söylendi. "Bittin, yoruldun."

Güneş iyice batana değin başka köpekbalığı gelmedi.

Yaşlı adam boz renkli yüzgeçlerin suları yırtarak yaklaşmakta olduğunu görmüştü. Öyle kokunun yönünü falan aramadan yan yana burunlarının doğrusuna geliyorlardı.

Yelkenin ipini sıkıştırarak, dümen sopasını kavradı. Bir yandan da kıçaltındaki kısa kürek başını çıkarmaya çalışıyordu. Bu, kırık bir kürekten arta kalan 30-40 santim uzunluğunda bir sopaydı. Tutacak yerinin kısalığından dolayı bunu ancak tek eliyle kullanabilirdi. Sağ elinde sıkıca tutup hazırladı. Hafif hafif kolunu yaylandırarak, canavarların yaklaşmasını bekliyordu. Gelenlerin ikisi de *galanos* cinsindendi.

"Birincisinin iyice yapışmasına izin vermeliyim; sonra iki gözünün arasına, başının tam ortası budur deyip dayanırım" diye hesaplıyordu.

İki canavar yan yana sokulmuştu. Kendisine yakın duranın, o kocaman kürek biçimli çenelerini ayırarak dişlerini balığın gümüş etlerine geçirdiğini gördü. O da sopayı iyice kaldırıp, bütün gücüyle köpekbalığının yayvan kafasının tam ortasına indirdi. Sopa canavarın kafasına otururken derisinin o lastiğe benzer yumuşaklığını, daha sonra altındaki kemiği hissetmişti. Canavar balıktan kaptığı parça ile kaybolmadan, burnuna doğru sert bir darbe daha indirmeyi başarmıştı.

Öteki köpekbalığı bu sırada çevrede dönüp duruyordu. Birden kocaman ağzı açık, hücum etti. İhtiyar balıkçı korkunç dişlerinden sarkan et parçalarını içi sızlayarak seyrediyordu.

Canavar ağzındaki eti kapıp götürürken soluk sarı gözlerini ihtiyara dikmişti. Balıkçı sopayı bir daha salladı, fakat bu vuruş, hayvanın lastik gibi derisinde kaldı.

"Gelsene *galano*" diye haykırdı. "Bir daha gelsene."

Canavar bir daha geldi ve tam çenelerini kapatırken başına şiddetli bir darbe yedi. İhtiyar, kolunun yettiği kadar yüksekten, müthiş bir şekilde vurmuştu. Sopanın indiği yerde kemiğin içeri göçtüğünü duymuş; aynı hırsla aynı yere bir kez daha vurmuştu.

İhtiyar, canavarların yeniden saldırmalarını bekliyordu; ikisi de bir daha görünmediler. Az ileride birinin suyun üstünde ters döndüğünü gördü, öteki boz yüzgeç ise görünürde yoktu.

"Onları öldürdüğümü sanmıyorum" diye düşündü. "Yalnız biraz zaman kazandım o kadar. Ama ikisini de fena halde yaraladım; oldukça keyifleri kaçmıştır. Sopayı iki elimle tutabilseydim birincisini kesinlikle sağ bırakmazdım. Hatta şimdi bile."

Canı hiç balığa bakmak istemiyordu. Yarısından çoğunun gittiğini biliyordu. Köpekbalıklarıyla boğuşurken güneş batmıştı.

"Çok geçmeden kararır ortalık" dedi. "O zaman Havana fenerini görebilirim. Eğer doğuya doğru çok yukarı düşmediysem, yeni plajların ışıkları bile görünür."

"Herhalde çok açıkta değilimdir şimdi" diye düşündü. İnşallah kimseyi telaşa vermemişimdir. Zaten telaş edecek bir çocuk var. Ama o bana güvenir. Eski balıkçılardan da merak eden olmuştur. Başkaları da etmiştir. Köyümüz iyidir, hatır sayar."

Fena halde hırpalandığından artık balıkla konuşmuyordu. Sonra birden aklına bir şey geldi.

"Yarım balık" diye söylendi. "Sen bir yarım balıksın, be. Bu kadar açıldığım için özür dilerim. İkimizi de mahvetti bu. Ama biz de bir sürü canavar öldürdük; seninle ben, ikimiz yaptık bu işi. Başka şeyleri de mahvettik. Sen şimdiye kadar kaç tanesini öldürdün, ha balık? Yoksa burnundaki o kılıcı süs için mi gezdiriyorsun?"

Yakaladığı balığa ve canavarlara yaptıklarını düşünmek hoşuna gidiyordu. "Burnundaki kılıcı söküp köpekbalıklarını onunla kovalasam nasıl olur" diye düşündü. Ama elinde ne bir testere, ne bıçak, ne de nacak vardı.

"Bir şey olsaydı da söküp alsaydım, küreğin ucuna bağlardım; ne silah olurdu ama! O zaman ikimiz birden dövüşmüş olurduk, omuz omuza.

119

Gece karanlıkta gelecek olurlarsa ne yaparsın? Ne yapabilirsin?

"Dövüşürüm" diye söylendi. "Ölene, son nefesimi verene kadar dövüşürüm."

Fakat şu anda karanlıkta hiçbir pırıltı, hiçbir ışık görülmüyordu; yalnızca rüzgâr ve onun yelkeni dolduruşu vardı. Sanki çoktan ölmüş gibi geldi bir ara. İki elini birbirine yapıştırdı, avuçları birbirlerini hissetti. Elleri daha ölmemişti; avuçlarını açıp kapayarak hayatın, yaşamanın acısını harekete geçirebiliyordu. Arka tahtasına doğru yaslandı; henüz ölmediğini biliyordu. Omuzları da bunu haber veriyordu zaten.

"Balığı yakalarsam okumaya söz verdiğim dünya kadar dua var" diye düşündü. "Ama şimdi söyleyemem onları, yorgunluktan bittim. Çuvalı omuzlarıma alsam iyi olacak."

Kıç tahtaları üstüne uzanmış, ışıkların ufukta görünmesini kolluyordu. "Şimdi elimde yarısı kaldı" diye düşündü. "Belki talihim yolunda gider de bu kadarını köye kadar götürmek kısmet olur. Biraz talihe ihtiyacım var. Hayır, bu kadar açılmakla talihimi kendim küstürdüm."

Yüksek sesle de, "Aptallık ediyorsun" diye mırıldandı. "Gözünü açıp ışıkları seçmeye bak sen. Daha çok talihin vardır belki, ne biliyorsun. Bu nesnenin nerede satıldığını bilsem, gidip biraz almak isterdim."

"Ama ne ile alırdım?" diye kendi kendine sordu. "Kaptırdığım zıpkın, kırdığım çakı, ya da iki kanlı elle mi öderdim bedelini?"

"Niye olmasın?" diye söylendi. "Tam seksen dört gün denizde onu aradım, borcumu ödemeye çalıştım ya. Hemen hemen tamamını verdin bile be.

Böyle saçma şeyler düşünmenin sırası değil. Talih insana her an, hiç tanınmayacak biçimlerde gelen bir şeydir. Ama ne şekilde olursa olsun bir nebze de bana gelse, karşılığını vermeye hazırım. Şu sahildeki ışıkların parıltısı bir görünse iyi olacak. Ben de o kadar çok şey istiyorum ki. Ama şimdi istediğim yalnız bu." Uzandığı yere daha rahat yerleşmeye çalıştı; vücudundaki ağrılara bakarak henüz ölmediğini anlıyordu.

Gece herhalde on dolayında olacak, kentin ışıkları göründü. Önceleri daha mehtap çıkmadan belli belirsiz seçiliyorlardı. Sonra gittikçe artan rüzgârla oldukça sertleşen suyun öteki başında daha net görülmeye başladılar. Dümeni bu ışıklara doğru kırdı; çok geçmeden akıntıya vurmuş olacaktı.

"Artık her şey bitti" diye düşündü. "Şimdi hepsi birden sökün eder herhalde. Ama bu karanlıkta silahsız bir adamın elinden ne gelir?"

Gecenin soğuğunda kazık gibi asılmış kalmış; bütün ek yerleri sancımaya başlamıştı. "Yeniden dövüşmek zorunda kalmam umarım" diye temenni ediyordu.

Oysa gece yarısından önce korktuğu başına geldi. Bu kez bütün didinmelerinin boş olduğunu biliyordu. Çünkü sürüyle gelmişlerdi. Balığa saldırırlarken yüzgeçlerin suda çizdiği fosforlu yolları seyrediyordu. Elindeki tokmağımsı kürek ucuyla, önünde beliren başlara vuruyor; canavarların sarstığı teknede yere yıkılmamaya çalışıyordu. Fakat birbirlerini ezercesine saldıran hayvanlara karşı koymak ne mümkündü; balıktan bir parça kapan alttan dalıp biraz geride kalıyor, ağzındakini yuttuktan sonra yeniden saldırıyordu.

Sonunda bir tanesi doğrudan doğruya başa gelip dayandı. Balıkçı artık her şeyin bittiğini anlamıştı. Dümen tahtasını, bütün hıncıyla kaldırıp dişlerini geçirdiği yerden bir türlü söküp açamayan canavarın başına indirdi. Arkasından bir daha bir daha; bir daha vurdu. Üçüncü darbede dümen tahtası ortasından kırılmıştı. Bu kez elinde kalan ucu kıymıklı parçayla vuruyordu. Tahtanın sivri ucu canavarın başına gömülmüştü; kaldırıp bir daha batırdı. Canavar tuttuğu yeri bırakıp uzaklaşmıştı. Bu, saldıranların sonuncusu oldu. Geride dişe dokunur bir şey kalmamıştı ki.

Yaşlı adam güçlükle nefes alıyor, ağzında garip bir tat hissediyordu. Bakır çalığı gibi bir şeydi bu; bir an korkuyla titredi. Fakat korkacak ne vardı ki?

Okyanusa tükürürken "Alın bunları da yiyin *galanos*'lar" diye söylendi. "Yiyin de bir insan öldürdüğünüzü hayal edin."

Sonunda kesin bir yenilgiye uğramıştı işte; yavaş yavaş kıça gidip tahtaların üstüne çöktü. Dümen sopasından elinde kalan parçayı yerine takıp, teknenin durumunu ayarlamaya çalıştı. Bir yandan da çuval parçasını omuzlarına örtmeye çalışıyordu. Aklı her türlü düşünceden, içi her türlü duygudan uzak, daha hafiflemiş olarak yol alıyordu. Her şey olup bitmişti artık; tekneyi dosdoğru limana girecek biçimde tutmaya çalışmaktan başka iş kalmamıştı. Karanlıkta sofra artıklarını toplar gibi iskelete vuran olmuyor değildi ama, ihtiyar adam bunlara aldırış etmeden dümeni idareye bakıyordu. Şu anda aklı fikri, yanındaki ağırlıktan kurtulmuş olan teknenin suyun üstünde nasıl kaydığında idi.

"Teknem mükemmel" diye düşündü. "Dümen sopasından başka yerine hiçbir şey olmadı. Onu da kolayca yerine koyabiliriz."

Şu anda akıntıdan içeri girdiğini sezinliyordu. Kıyı boyunca uzanan köylerin ışıkları da iyice seçilmeye başlamıştı. Artık evine ulaşmış sayılırdı.

"Rüzgâr da bizden ne de olsa" diye düşündü. Sonra, "arasıra öyledir" diye ekledi. "Ve büyük denizler bizim hem dostumuz, hem düşmanımızdır. Ya yatak?.." diye aklından geçirdi. "Yatak en yakın arkadaşımdır benim. Ah bir yatak olsa şimdi" diye düşündü. "Yataktan iyi şey var mıdır be? Yenildikten sonra her şey daha kolay oluyormuş. Bunun bu kadar kolay olduğunu bilmiyordum. Hem ne yeniliş, ne yeniliş..."

"Bir şey yok" diye yüksek sesle söylendi. "Çok açılmak yüzünden hep."

Koydan içeri küçük limana girdiği zaman Teras'ın ışıkları sönmüştü; herkesin çoktan yatağına çekilmiş olduğu anlaşılıyordu. Rüzgâr yavaş yavaş hızlanmış, giderek şiddetli esmeye başlamıştı. Koyun içinde deniz biraz daha sakindi. Küçük kayaların dibindeki dar kıyıya ulaşması çok sürmedi. Tekneyi kıyıya çekmesine yardım edecek kimse olmadığından, gücü yettiği kadar kendi sürükledi. Sonra ipin ucunu büyük kayalardan birine sıkıca bağladı.

Direği yerinden söktü, yelkeni serenin etrafına sardı; sonra ikisini birden omzuna yüklenip yokuş yukarı yola koyuldu. Birden yorgunluğun bütün ağırlığıyla çöktüğünü hissetmişti. Bir ara durup arkasına döndü; sokağın ışığı altında teknenin yanına bağlı balığın pruvadan taşan kuyruğuna baktı. Omurga kemiğinin beyazlığı ve ucundaki sivriliğiyle, başının kapkara çıkıntısı ve ikisi arasındaki boş çıplaklık iyice belli oluyordu.

Sonra yeniden yavaş yavaş yukarı doğru tırmanmaya başladı. Sırtın üstüne varınca direk ve sereni sırtından indirmeden abanıp kalkmayı denedi. Fakat güç bir şeydi bu. Bir an oturup, arkasında bıraktığı yolu seyretti. Ta uzaktan bir kedi geçti. Kaybolana dek onu da gözleriyle izledi yaşlı adam. Sonra yeniden yola çevirdi başını.

Sonunda yere koyduğu direğe dayanarak ayağa kalkabilmişti. Kulübesine ulaşana kadar tam beş kez dinlenmek zorunda kalmıştı.

Kulübeden içeri girince direkleri duvara dayadı. Karanlıkta su testisini bulup birkaç yudum aldı. Sonra boylu boyunca yatağın üstüne uzandı. Yorganı omuzlarına, sırtına, sonra ayaklarına çekti; kolları iki yanına sarkık, avuçları dışarı doğru yüzükoyun, gazetelerin üstünde uyuyakaldı.

Sabahleyin çocuk kapıdan içeri baktığı zaman hâlâ uyuyordu. Rüzgâr pek şiddetlendiğinden balıkçılar denize açılmaktan vazgeçmiş, bu yüzden çocuk da geç vakte değin uyumak fırsatını bulmuştu. Sonra kalkar kalkmaz her sabah yaptığı gibi yaşlı adamın kulübesine gelmişti. İhtiyarın nefes almakta olduğunu görünce sevindi. Sonra elleri ilişti gözüne. Bu manzara bütün neşesini kaçırmış, ağlayacak gibi olmuştu. Gürültü yapmadan dışarı çıktı. Biraz sıcak kahve getirmek için aşağı köye inerken yol boyunca hep ağlıyordu.

Bir alay balıkçı teknenin etrafına toplanmış, bordasına bağlı nesneyi inceliyorlardı. İçlerinden biri de paçalarını sıvayıp suya girmiş, iskeletin boyunu ölçüyordu.

Çocuk onların yanına inmedi. Daha önce gelip bakmıştı çünkü. Balıkçılardan biri tekneyi tutup iyice kenara almıştı.

"İhtiyar nasıl?" diye birinin sesi duyuldu.

"Uyuyor" diye cevap verdi çocuk. Ağladığını görmelerine aldırış bile etmiyordu. "Kimse gidip uyandırmasın."

İskeleti ölçen, "Başından kuyruğuna, tam altı buçuk metre!" diye bağırdı.

Çocuk, "Kuşkusuz öyle" diye söylendi.

Teras'a gidip bir teneke kahve istedi.

"Aman kaynar olsun. Şöyle bol şekerli, sütlü tarafından."

"Başka bir isteğin var mı?"

"Hayır. Sonra, uyanınca sorarım bakalım yemek için ne ister."

Patron, "O ne balıkmış be" diyordu. "Ömrümde öylesini görmedim daha. Dün sizin tuttuğunuz iki balık da iyiydi."

"Canı cehenneme bizim balıkların." Yeniden ağlamaya başlamıştı çocuk.

"İçecek bir şey de vereyim mi?"

"İstemez" dedi çocuk. "Santiago'yu rahatsız etmemelerini söyle millete. Ben çok kalmaz gelirim."

"Tarafımdan geçmiş olsun de, ha."

"Olur."

Çocuk elindeki sıcak kahve dolu teneke kutuyu ihtiyarın kulübesine götürdü; uyanıncaya değin başucunda bekledi. Bir ara ihtiyar uyanacak gibi olmuş, fakat yeniden derin bir uykuya dalmıştı. Çocuk yolun öte başına gidip soğuyan kahveyi ısıtmak için biraz ödünç odun aldı.

Sonunda ihtiyar uyandı.

Çocuk, "Kalkma" dedi. "Şunu iç." Tenekedeki kahveden bir bardağa dökmüş uzatıyordu.

İhtiyar balıkçı bardağı alıp içti.

"Manolin, yendiler beni" diye söylendi. "Beni adamakıllı altettiler."

"Ama o alt edemedi ya. Balık karşı koyamadı ya, sen ona bak."

"Evet, orası doğru ama... Ötekiler..."

128

"Pedrico tekneyle takımları düzene koyuyor. O başı ne yapalım?"

"Pedrico parçalayıp yem olarak kullansın."

"Kılıcı ne yapsın?"

"İstersen senin olsun."

"Tabii isterim. Şimdi yapacağımız öteki şeyleri düşünelim."

"Beni arayan oldu mu?"

"Olmaz olur mu? Sahil korumadan da bir uçak yolladılar."

"Okyanus uçsuz bucaksız, kocaman. Benim tekneyse ufacık, nasıl görebilirlerdi?" diye güldü ihtiyar. Karşısında konuşacak birinin bulunmasının, kendi kendine ya da denizle konuşmaktan ne kadar güzel olduğuna kuşku mu vardı? "Seni çok özledim" dedi. "Siz ne tuttunuz?"

"İlk gün bir tane. İkinci gün bir tane. Dün iki tane birden tuttuk."

"Aferin. Çok iyi."

"Artık yine beraber avlanırız."

"Hayır, olmaz. Benim kısmetim yok. Öyle bir kapandı ki bir daha da açılacağa benzemiyor bu gidişle."

"Kısmete mısmete boş ver şimdi. Ben senin kısmetini açarım."

"Anan baban ne der?"

"Aldırmam bu sefer. Dün iki tane birden tuttuk ama daha öğrenecek çok şey var. Yine senin yanına geleceğim."

"İyi bir zıpkın alıp hiç yanımızdan ayırmamalıyız. Ucuna da eski bir Ford'un yaylarından çatal yaparız. Bir de güzel sivriltip biledin mi?.. İyice sivri olmalı ama; pek serti yaramaz. Sonra zora gelince kırılıverir. Benim sustalı bile kırıldı."

"Başka bir çakı alırım ben sana. O söylediğini de yaparız. Bu *brisa* daha ne kadar sürer dersin?"

"Üç, bilemedin dört gün."

"Ben her şeyi yoluna korum o zamana kadar" diye söylendi çocuk. "Sen de ellerine bakar, iyi edersin."

"Meraklanma, ben böyle şeyleri iyi bilirim. Gece ağzımda tuhaf bir tat duydum ve hızla tükürdüm onu. Göğsümde, nah şuramda da bir şey kırılır, kopar gibi oldu."

"Onu da iyi edersin" dedi çocuk. "Sen uzan şöyle, şimdi babalık. Sana temiz bir gömlek getireyim. Biraz da yiyecek."

"Benim olmadığım günlerin gazetelerinden de bir tane bul" diye söylendi ihtiyar balıkçı.

"Çabuk iyileşmelisin ha. Benim bilmediğim dünya kadar şey var daha. Onları öğreteceksin... Çok çektin mi?"

"Sorar mısın?"

"Yiyecek bir şeylerle gazeteleri de getiririm. Sen dinlenmene bak babalık. Eczaneye uğrar, eline sürmek için de bir şey isterim."

"Başı Pedrico'ya verdiğimi söylemeyi unutma."

"Unutmam, merak etme."

O gün öğleden sonra Teras'a bir alay yabancı turist gelmişti. Boş bira tenekeleri, sardalye kutuları arasından denizi seyreden bir kadın; sert poyrazın harekete getirdiği dalgaların üstünde, muazzam bir kuyrukla bembeyaz bir iskeletin oynaşmakta olduğunu gördü.

Büyük balığın, artık denizin alıp götürmesini bekleyen bir çöp yığınından başka bir şey olmayan iskeletini göstererek, "Bu nedir?" diye sordu garsonlardan birine.

Garson, "Tiburon" diye yanıtladı. "Bir cana-var..." Olup bitenleri anlatmaya çalışıyordu.

"Köpekbalıklarının bu derece güzel, alımlı kuyrukları olduğunu bilmiyordum."

Yanındaki erkek arkadaşı, "Ben de" diye doğruladı.

Yokuşun sonundaki kulübesinde yaşlı adam yeniden uykuya dalmıştı. Hâlâ yüzükoyun uyuyor, çocuk da yanı başında bekliyor, onu seyrediyordu. Yaşlı adam aslanların düşünü görüyordu.

ERNEST HEMINGWAY / BÜTÜN ESERLERİ